박인환, 미스터 모의 생과 사

지은이 **김다언**

1989년 조선대학교 치과대학을 졸업하였다.
저서로는『목마와 숙녀, 그리고 박인환』(2017),『박인환, 나의 생애에 흐르는 시간들』(2018)이 있다.

박인환, 미스터 모의 생과 사

2020년 8월 10일 초판 1쇄 발행
지은이   김다언
펴낸이   김흥국
펴낸곳   도서출판 보고사
등록   1990년 12월 13일 제6-0429호
주소   경기도 파주시 회동길 337-15 보고사 2층
전화   031-955-9797(대표), 02-922-5120~1(편집), 02-922-2246(영업)
팩스   02-922-6990
메일   kanapub3@naver.com/bogosabooks@naver.com
http://www.bogosabooks.co.kr
ISBN 979-11-6587-070-6 03810
ⓒ김다언, 2020

정가 15,000원

박인환,

미스터모의

생과사

보고사
BOGOSA

차례

일러두기

1. 시에 표기한 연도는 발표연대 중 가장 앞선 시기를 표기하였다.

2. 인용된 시는 발표 시기의 원문과 차이가 있으며 한자를 줄이려고 노력했다.

3. 한자와 영문 표기는 가급적 줄이되 필요한 경우 병기했다.

4. 박인환 시인보다 앞선 김기림, 이상의 시는 가급적 현대어 표기를 줄여 책을 읽으면서
   앞 세대의 느낌을 자연스럽게 느낄 수 있게 했다.

5. 작품명은 「 」, 작품집이나 단행본은 『 』로 표기했다.

미스터 모의 생과 사

미스터 모의 생과 사

박인환 시인을 아느냐고 사람들에게 물어보면 대개는 잘 모른다고 답한다. 시「목마와 숙녀」를 물으면 "아, 그 시를 쓴 분이 박인환인가요?"라는 반응이 나오는 경우가 많다. 그의 시는 학생들이 공부하는 교과서에도 실렸고 최불암, 정윤희 등의 배우가 출연한 〈목마와 숙녀〉라는 제목의 영화도 만들어졌다. 영화 〈목마와 숙녀〉는 『문학사상』에 연재된 오탁번의 중편소설을 내용으로 했으며 소설이 연재되던 1975년 9월호 『문학사상』 표지에 박인환의 모습이 있다. 이처럼 1970~90년대에 학창시절을 보낸 사람들은 라디오에서 자주 흐르던 「세월이 가면」이라는 노래와 「목마와 숙녀」 낭송을 통해 박인환의 시에 매우 익숙하다.

이렇듯 시의 유명세에 비해 시인의 인지도가 낮음에도 불구하고 흥미로운 점은 박인환의 평전이 여러 권이라는 사실이다. 필자의 책꽂이에 있는 평전만 해도 각기 다른 작가가 쓴 것으로 네 권이다. 유명인물

'목마와 숙녀' 포스터

『문학사상』 표지

이나 작가의 경우, 두 종류의 평전이 있는 경우는 흔하지만 네 권이 넘어가는 경우는 굉장히 드물다. 일례로 화가 이중섭의 삶을 다룬 평전과 소설 형식의 책이 네 종류가 넘는 경우에 해당된다. 그러나 이중섭과 박인환의 인지도에는 많은 차이가 있을 것이다. 더욱 흥미로운 것은 묻혀있던 박인환의 시와 글을 모아 처음으로 제대로 된 박인환 전집을 만들었던 문승묵 씨는 군과 관련한 물품 등을 수집하는 군장품 수집가였다는 점이다. 문승묵 씨는 공과대학 출신으로 책과 시를 좋아했다고 밝혔지만 애초에 박인환 전집을 내거나 할 계획은 없었는데 인연이 닿아 생업을 제쳐두고 한동안 박인환의 글과 시를 찾아 발품을 팔고 다녔다고 한다.

박인환 시를 연구해 『박인환, 정치적 메타비판으로서의 시세계』라는 책을 낸 서규환 교수는 정치외교학을 전공한 사회과학부 교수이다. 십여 년의 시간을 박인환 문학세계에 몰두해 이미 두 권의 책을 낸 필자 또한 비전공자로서 우연한 인연으로 시작해 여기까지 왔다. 박인환의 문학세계를 연구하며 논문과 책을 쓴 문인과 학자가 많음에도 불구하고 갑자기 전혀 생각지도 않던 사람들이 생업을 제쳐두거나 일을 줄이면서까지 시간을 만들어 연구서를 내는 것은 의문이 생길 만큼 특이한 일이다. 조선총독부 건축기사로 일한 경력과 그림을 잘 그렸던 천재 시인 이상의 경우, 그의 난해한 시 때문에 문학 외에 건축과 미술계통 등의 다양한 전문가들이 연구서와 논문을 내는 것은 일면 자연스럽게 보이지만 다른 시인이나 문인의 경우에서는 흔한 일이 아니다.

　이러한 의문에 대해 박인환 시인 스스로가 해답을 이미 자신의 시에 써놓았다. 「미스터 모의 생과 사」는 시 제목이며 미스터 모가 바로 박인환 자신이다. 앞으로 전개될 글의 내용은 모두 박인환 시에 적혀있는 비밀 같은 이야기를 찾아 떠나는 여행이다. 박인환의 시집을 처음 읽는 사람들은 난해함에 혀를 내두르게 된다. 박인환의 친구였던 김수영 시인이 박인환을 회고한 글에 난해시라는 단어가 자주 언급될 정도이니 웬만한 인내심이 없으면 읽기 힘들고 논문이나 연구 목적으로 보지 않으면 두 번 세 번을 본다는 것은 생각하기 어렵다. 열심히 읽고 또 읽어서 시를 이해한다는 보장도 없는 길에 앞선 연구자들이 발을 내디뎠고 소중한 결과물들을 냈다.

　이 책은 그러한 많은 사람들의 땀과 수고를 바탕으로 하고 있으며 최대한 쉬운 글로 표현하려고 노력했다. 필자가 쓴 이전의 책은 너무 어렵고 딱딱하다는 주변의 충고가 모눈종이의 네모 눈보다 많았고 그나마도 싫은 소리 못 하는 성격 좋은 분들이 말을 아껴서 그 정도였다고 생각한다. 박인환의 시가 어렵기 때문에 빚어지는 필연이라는 변명보다는 필자의 아둔함 탓이라는 게 솔직한 답변이다. 「미스터 모의 생과 사」도 어려운 내용이기 때문에 주요 부분만 뽑아 설명한다.

　　　미스터 모의 생과 사는

신문이나 잡지의 대상이 못 된다.
오직 유식한 의학도의
일편의 소재로서
해부의 대에 그 여운을 남긴다.

　박인환이 평양의전을 다니다가 문학의 길로 나선 탓에 그의 시에는
의학용어가 자주 나온다. 또한 의학적 지식이 자연스럽게 시로 표출된
흔적을 발견할 수 있는데 이는 박인환 스스로도 인식하고 있었던 모
양이다. 위의 시에 표현된 내용을 쉽게 풀어보면 '나'의 삶과 그 결과
물인 시집을 읽는 사람들은 많지 않을 것이고 그중 의학에 지식이 있
는 사람이 문학적 소양을 충분히 갖추었다면 흥미를 갖고 찾아낼 내용
이 있다는 뜻이다. 여기에는 단순히 의학용어가 사용됐기 때문이 아
닌, 보다 근본적인 이유가 있다. 화가 달리가 무의식의 세계를 그림으
로 표현하는 등 서구 초현실주의 예술은 프로이트의 정신분석으로부
터 많은 영향을 받았듯이 박인환도 시에 정신분석을 접목했기 때문이
다. 따라서 박인환은 유식한 의학도의 '해부의 대'에 그 여운을 남긴다
고 시에 특정 학문의 필요성을 말하고 있다. 여기서 유식하다는 표현
은 문학·과학·의학·예술·철학 등의 다양한 소재를 사용했기 때문에 의
학과 문학 외에 다양한 분야에 걸쳐 공부하며 시를 한 줄 한 줄 보아야
만 의미를 찾는다는 뜻이다. 「목마와 숙녀」에 나오는 영국 작가 버지니

아 울프는 신심리주의 문학을 전개했고 프로이트 등의 정신분석을 깊이 공부한 문인이다. 때문에 「목마와 숙녀」를 좋아하는 사람은 많지만 정신분석에 대한 이해 없이 이면의 의미를 읽어내기란 쉽지 않다.

박인환이 시에 기록한 그의 생애는 비록 어려운 내용이지만 시간이 흐르면서 조금씩 풀려가고 있으나 1946년 이전의 삶은 베일에 가려져 있다. 그의 문학을 이해하는 데 중요한 단초가 될 대학생활의 증언이나 기록, 해방 후 서점 마리서사를 열던 때의 전후 사정을 알려주는 기록이 너무 적은 상황이라 작은 단서를 가지고 추론을 통해 빈칸을 채워야 한다. 필자의 작은 꿈은 북한에 가서 황해도 재령의 명신중학교, 평양의전의 생활기록부 등을 찾아보고 싶고 혹시 평양의전 앞에 호수와 벤치가 있었는지 돌아보고 싶은 마음이다. 조국 통일의 큰 꿈을 이루고자 애쓰는 분들에게는 미안한 마음도 있지만 할 수만 있다면 빨리 가보고 싶은 개인적 꿈이 있다. 인제 박인환 문학관에 있는 마리서사 앞에서 찍은 사진을 보면 불어로 된 표기를 확인할 수 있다. 박인환이 영어를 잘하는 것 외에 문학을 공부하는 과정에 불어를 공부했다는 증언 등을 토대로 여러 가지 사실을 묶어서 기록에 없는 평양의전 시절을 추적하고자 한다. 1916년생의 평양 출신 화가 김병기는 102세가 되던 해에 『백년을 그리다』라는 회고록을 냈는데, 여기에 평양에서 활동하던 문인들인 단층 동인에 대한 내용과 이중섭, 이상, 오장환, 김조규, 양명문 등에 대한 언급이 있다. 특히 이상이 사망하기 전 도쿄에

갔을 때, 김병기는 그가 살던 아파
트에서 이상을 재워주었던 일화를
기록하는 등 박인환과 관련된 인
물들과 인연이 많다. 김병기는 『단
층』 2호(1937), 『단층』 3호(1938)
표지를 디자인했을 정도로 단층
파에서 많은 역할을 했으므로 해
방 전후 평양의 문화예술계 상황
을 자세히 말할 수 있는 중요 인물

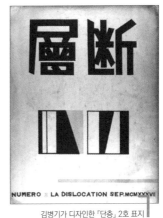

김병기가 디자인한 『단층』 2호 표지

이기도하다. 또한 김병기는 이중
섭과 일본에서 함께 공부한 단짝으로 여러 일화를 소개했는데 이중섭
은 오장환과 시집 속표지를 만들어줄 정도로 가까운 사이였으며 이는
김광균, 박인환과의 인연으로 이어진다. 김병기는 단층파 출신 중에
불어를 가장 잘하는 이가 이휘창인데 동생 이휘영과 해방 후에는 평양
에서 불어강습을 했다고 전한다. 동생 이휘영은 이후 월남해서 서울대
불문과 교수가 되어 불한사전을 만들고 후학을 양성했다고 했으면서
도 형이 더 뛰어나다고 했으니 실력이 어느 정도인지 짐작이 간다. 이
휘창은 북에 남았으며 프랑스 시인 폴 발레리의 시 「해변의 묘지」를 줄
줄 외고 다녔다고 기록했다. 해변의 묘지는 매우 긴 시로 노래로 치면
가사가 24절이나 되니 읽어본 사람은 적겠지만 '바람이 분다! ..... 살

아야겠다!'라는 문구는 아는 사람이 많을 것이다. 「해변의 묘지」 마지막 부분인 24절에 있는 내용이다. 왠지 박인환이 좋아했을 시 같고 불어로 암송했을 수도 있겠다는 생각이 든다. 박인환이 문학에 대한 일념으로 학생이던 습작기 시절에 불문학과 불어를 공부했을 가능성이 높은데 1940년대로 들어서면 영화관은 일본의 군국주의를 홍보하는 내용으로 채워지고 서양 영화는 제한적으로 상영됐기 때문에 매체를 통해서는 불어를 듣기가 쉽지 않았다. 때문에 선교사나 불어에 능통한 사람이 옆에 없다면 결국 책뿐인데 불어 시를 눈으로만 공부한다는 것은 매우 답답한 일이다. 박인환이 김조규 시인의 작품에 영향을 받은 바가 많다는 사실은 『박인환, 나의 생애에 흐르는 시간들』에서 밝혔는데 평양의전 시절 단층파 문인을 만나 문학에 대한 정열을 이어가며 공부했을 가능성이 높다는 생각이다. 단층 동인의 활동 역시 박인환의 평양의전 시절에는 공식적인 활동은 없지만 그렇다고 단층파 문인들이 문학에 대한 관심과 공부를 끊은 것은 아니기에 개인적 활동마저 없다고 가정할 필요는 없다. 해방 후 이휘창 형제가 소련군이 주둔한 평양에서 불어를 강의하는 일은 나름의 정치적 상황에 대한 저항적인 느낌도 있었다는 김병기의 회고로 보아 문학에 대한 이들의 열의를 짐작할 수 있다. 몰랐으면 모를까 박인환의 성격이나 문학의 열의로 보아 그는 불문학을 공부하기 위해서 이들을 찾아갔을 것이다. 오장환과 단층파 동인들의 교류가 30년대부터 있었기 때문에 경성을 떠나 평양에 있던 박인환에게 오장환은 힘닿는 한 도움을 주고 싶었을 것이다. 때문에 박인환이 1946년 「단층」이라는 시를 발표했던 사실이 의미하는 바가 크며 후에 「단층」의 제목을 「불행한 샹송」이라는 제목으로 변경한 일은 시대적 상황과 결부됐음을 인지할 필요가 있다. 『박인환, 나의 생애에 흐르는 시간들』에서 김조규 시인이 1945년에 해방을 앞두고 만주에서 평양으로 돌아왔기 때문에 개인적인 만남이 있을 가능성이 낮다고 했는데 짧지만 만남이 있었을 가능성이 높다로 정정한다. 물론 심정적인 추정에 불과하지만 박인환과 단층파와는 김조규의 문학세계만 연결해 생각했는데 김병기의 회고록을 보면서 습작기 박인환의 마음은 훨씬 큰 포부와 적극적인 마음가짐이 있었을 것이므로 단층파와 교류하고 싶었으리라 생각한다.

박인환의 문학에 대한 열의는 알겠지만 일반인에게는 낯선 최신 학문이자 어려운 개념을 접목해 시를 써서 이해는커녕 비난을 자초하면서까지 시 속에는 유식한 의학도와 같은 소수의 사람이 알아줄 것이라는 예언적인 말을 남긴 이유가 궁금해진다. 이 질문에 대한 답은 정지용 시인의 글을 통해서 조금 엿볼 수 있다. 박인환보다 한 세대 앞서 모더니즘 시를 썼던 정지용의 시집을 보면 친근하고 이해가 쉬운 서정시도 많지만 어려운 시가 더 많다. 정지용 시인의 글에 이런 내용이 있다. "시를 잘 이해하는 나라가 전쟁도 잘한다." 정지용이 한참 공부하고 글과 시를 쓰던 시기는 일제강점기였다. 서구 열강이 식민지를 지배했고 식민지를 통한 시장 확장과 강탈의 과정으로 얻은 부를 기반으로 문학과 예술은 더욱 발달할 수 있었다. 반면 식민지 국민들은 나라도 없고 자기 말도 쓰지 못하는 처지에 어찌 문학과 예술이 발달하기를 바라겠는가. 정지용 시인의 말은 문맹률도 높고 과학이 발달하지 못한 나라의 처지를 벗어나기 위해서는 의식의 개선이 필요하고 과학적 사고를 바탕으로 힘을 길러야 한다고 믿었던 당시 지식인들의 생각과 맥락이 같다. 문인들은 문학을 통해 그와 같은 길을 실천해야 한다는 사명감이 있었고 정지용과 박인환 등도 나름의 방식으로 최선을 다해 시에 접목했다.

박인환은 당시 청록파 시인들과 문학적 대립관계에 있었다. 한가롭게 자연을 노래하고 풍월을 읊던 시대는 갔는데, 선비들이 한시를 쓰고 공자 맹자의 도리만을 논하다가 세상 변한 것도 모르고 일본에 나라를 빼앗기고 눈물겨운 시대를 보냈음에도 불구하고 아직도 한가로운 시를 쓰냐는 태도를 보였으니 청록파 등과의 관계는 불 보듯 뻔하다. 1949년 박인환과 동인들은 『새로운 도시와 시민들의 합창』을 발표했는데, 서문에 그의 생각이 잘 나타나 있다.

자본의 군대가 진주한 시가지는 지금은 증오와 안개 낀 현실이 있을 뿐…… 더욱 멀리 지난날 노래하였던 식민지의 애가이며 토속의 노래는 이러한 지구에 가라앉아간다.

그러나 영원의 일요일이 내 가슴속에 찾아든다.

　박인환은 과거 서정적인 시를 지난날의 '식민지의 애가이며 토속의 노래'라는 말로 그의 생각을 함축적이고 명료하게 정리했다. '영원한 일요일(Eternity Sunday)'은 종교적인 용어로 죽음을 애도하는 날의 의미를 가지고 있다. 즉 아직까지 제대로 된 주권도 갖지 못하고 이념의 대립으로 한 치 앞도 모를 급박한 시국에서 문인들은 관습에서 벗어나지 않고 과거의 모습을 재현하여 풍월을 읊고 있는데, 그런 시는 운명이 다해 죽음을 맞이했고 박인환은 거기에 애도를 표한다는 의미이다. 스물네 살의 청년 박인환의 패기를 읽을 수 있는 글이다. 다만 서문을 시처럼 써서 은유적인 표현이 들어가 글이 부드러워졌고 언뜻 알아내기는 어려운 내용이지만 박인환다운 글이라고 생각한다. 후에 박인환은 「영원한 일요일」이라는 제목의 시를 발표했는데 용어의 종교적 어원과 서문의 뜻을 생각하면서 읽으면 시를 이해하는 데 많은 도움이 된다. 「영원한 일요일」의 예에서 보듯이 박인환의 시를 이해하기 위해서는 그가 쓴 글과 다른 시들을 함께 읽어야 중요한 단서를 포착할 수 있다. 독립적으로 몇 편의 시를 백 번 암송하더라도 뜻이 드러나지 않는 경우가 많다는 뜻이다.

　배우 한석규가 출연한 〈넘버 쓰리〉라는 영화 앞부분에 박인환의 시를 읽는 여인이 등장한다. 깡패 역의 한석규와 동거하는 이 여인은 고

〈넘버 쓰리〉 포스터

급 술집에서 남자들의 유흥을 돕고 돈을 버는 화류계의 여성이다. 이 여인은 비록 술집에서 일하지만 시를 좋아해 나중에 시집을 내고 유명해지는 인물인데 영화에 처음 등장할 때 「목마와 숙녀」를 낭송하는 장면으로 인물의 성격을 표현한다. 이 영화에서는 박인환의 시뿐만 아니라 프랑스 시인 랭보의 이름이 자주 나오는데, 박인환은 랭보의 시를 좋아했고 그의 영향을 많이 받았다고 시를 통해 밝혔다. 랭보는 엄청난 양의 책을 읽고 지적 섭렵을 한 후에 그 지식을 소화해 자기만의 방식으로 재구성하고 이를 시로 표현한 인물이다. 박인환은 랭보와 이상 시인을 함께 언급했는데, 그의 시적 특성을 암시하는 중요한 단서이다.

박인환의 시는 난해하기 때문에 가닥을 잡기가 쉽지 않지만 한 가닥 한 가닥 정리해가다 보면 시가 일관성 있고 하나의 시를 알면 다른 시가 눈에 보이는 특성이 있다. 최근 유명 작가의 표절 문제로 언론에 떠들썩했던 사건이 있다. 이때 박인환이 언급되며 문제적 작가로 표현된 기고문을 본 적이 있다. 그 평론가는 김수영 시인의 글을 인용하여 박인환을 비난하는 근거로 제시했는데 김수영과 박인환의 관계는 라이벌 등 다양한 관점으로 소개돼 널리 알려진 사실이며 그 기고문을 쓴 평론가는 나름의 근거와 정의감을 갖고 썼을 것이라서 필자는 그를 비난할 생각은 조금도 없다. 박인환의 시가 어려운 것이 죄라면 죄일 것이고 박인환 자신도 잘 알고 있었으며 스스로가 형극의 길을 선택했다. 박인환은 오랜 시간이 흐르고 나면 누군가가 그 비밀을 풀어줄 거라는 사실을 가슴에 담고서 시에 담담히 옮겨놓았을 뿐이다. 김수영의 글을 통한 평론가들의 오독과 세간의 평을 적어가며 하나씩 오해를 풀어나갈 긴 내용은 「센티멘탈 저니」라는 글에서 다룬다.

　　　　입술에 피를 바르고
　　　　미스터 모는 죽는다.

　　　　어두운 표본실에서
　　　　그의 생존 시의 기억은
　　　　　　미스터 모의 여행을
　　　　　　기다리고 있었다.

　　　　원인도 없이

유산은 더욱 없이
미스터 모는 생과 작별하는 것이다.

일상이 그러한 것과 같이
죽음은 친우와도 같이
　다정스러웠다.

미스터 모의 생과 사는
신문이나 잡지의 대상이 못 된다.
오직 유식한 의학도의
일편의 소재로서
해부의 대에 그 여운을 남긴다.

무수한 촉광 아래
상흔은 확대되고
미스터 모는 죄가 많았다.
그의 청순한 아내
지금 행복은 의식의 중간을 흐르고 있다.

결코

평범한 그의 죽음을 비극이라 부를 수 없었다.
산산이 찢어진 불행과
결합된 생과 사와
이러한 고독의 존립을 피하며
미스러 모는
영원히 미소하는 심상을
손쉽게 잡을 수가 있었다.

- 「미스러 모의 생과 사」

낙하

낙하

박인환은 시 「낙하」에서 아킬레우스라는 신화 속 인물을 통해 고독한 자신의 삶을 비유했는데 어떤 뜻이 숨어있는지 살펴보자. 알쏭달쏭한 이야기로 막막할 터이니 「낙하」라는 시에서 박인환으로 유추할 수 있는 대목부터 살펴보겠다.

미끄럼판에서
나는 고독한 아킬레스처럼
불안의 깃발 날리는
땅 위에 떨어졌다
머리 위의 별을 헤아리면서

그 후 이십 년
나는 운명의 공원 뒷담 밑으로

영속된 죄의 그림자를 따랐다.

　위의 시도 박인환 자신을 표현했다는 것은 쉽게 알 수 있다. 내용을 살펴보면 앞부분은 자신의 출생을 암시한다. 산모가 정상 분만할 때 아이는 산도를 따라서 미끄러지듯 빠져나온다. 의과대학 시절 산과학을 공부했다는 사실을 염두에 두면 자연스럽게 이해된다. 시인은 자신을 '아킬레스'에 비유했다. 요즘 시대엔 영화 등 다양한 매체를 통해서 '아킬레스'라는 이름을 많이 접할 수 있지만 60년도 더 지난 과거에는 관련된 책을 읽지 않은 일반 사람들로서는 쉽게 알 수 없는 단어이다. '아킬레스'는 『일리아스』 등 그리스 신화를 읽거나 그림 등을 통해서 알더라도 보충설명을 접해야만 자세히 알 수 있다. 신화를 몰랐더라도 의학도는 해부학 시간에 발뒤꿈치, 일명 아킬레스건이라는 용어를 배우게 된다. 물론 「낙하」라는 시의 미끄러진다는 표현은 의학을 공부하지 않아도 출산의 과정으로 이해하는 데 무리가 없지만 당시의 사람들이 그리스 신화를 읽지 않고 아킬레우스로 비유한 삶을 추정하기는 어려웠을 것이다. 이처럼 박인환은 자신의 시를 쓸 때 독자가 다양한 분야의 공부를 하고 다시 읽어보기를 원했다고 생각한다. 박인환이 사망하기 얼마 전에 쓴 시에서도 그가 좋아한 이상 시인을 아폴론으로 표현했기 때문에 그리스 신화에 상당한 지식이 있었음을 추론할 수 있다. 또한 「검은 신이여」라는 시도 종교나 신화적인 관점에서 눈길을 끄는 작품이다.

저 묘지에서 우는 사람은 누구입니까.

저 파괴된 건물에서 나오는 사람은 누구입니까.

검은 바다에서 연기처럼 꺼진 것은 무엇입니까.

인간의 내부에서 사멸된 것은 무엇입니까.

일 년이 끝나고 그 다음에 시작되는 것은 무엇입니까.

전쟁이 뺏어간 나의 친우는 어디서 만날 수 있습니까.

슬픔 대신에 나에게 죽음을 주시오.

인간을 대신하여 세상을 풍설로 뒤덮어 주시오.

건물과 창백한 묘지 있던 자리에

꽃이 피지 않도록.

하루의 일 년의 전쟁의 처참한 추억은
검은 신이여
그것은 당신의 주제일 것입니다.

위의 시에 나오는 신은 기독교적인 의미의 신이 아니다. 내용에서
보듯이 검은 신은 죽음을 주재하는 어둠의 신이다. 슬라브 신화의 체
르노보그(Черноборг, Chernobog)는 죽음의 신이며, 그 이름은 '검은
신'을 뜻한다. 검은 신은 어둠과 죽음을 담당하는 신이며 대비되는 개
념은 벨로보그(Белоборг, Belobog)라는 하얀 신의 뜻을 가진 빛의 신이
다. 「검은 신이여」라는 시의 내용을 잘 살펴보면 슬라브 신화의 검은
신과 내용이 잘 맞아떨어지는 것을 확인할 수 있다. 박인환이 그리스
신화뿐만 아니라 슬라브 신화 등에 걸쳐서 다양한 지적 섭렵을 했음을
가늠케 한다.

일본이 패망하고 해방 후 남한에 미군정이 실시됐을 때 남한의 유엔
대표부에는 미국 등 서방국가 외에 소련을 포함한 동구권의 국가가 망
라됐고 박인환이 당시 남한의 유엔 대표부 출입기자단으로 일한 경력
을 감안하면 유엔 출입기자로서 자연스레 각국에 대한 기본적인 공부
가 필요했고 또 여러 자료들을 입수하기 좋은 위치이기도 했을 것이

다. 유엔 출입기자단에서 활동하던 시기 신문기사에는 지금처럼 작성자인 기자의 이름이 없어 박인환이 직접 작성한 기사를 확인하기 어려워 아쉬움이 있다. 또한 평양의전에서의 학업을 포기하고 문학에 꿈을 두던 박인환에게 1946~9년의 격동기는 매우 중요하지만 회고록 등 기록이 많지 않은 시기이다.

박인환은 1949년 『자유신문』의 유엔 출입기자로 활동하다 국가보안법 위반으로 체포됐다. 이 사건에는 모윤숙 시인이 관계됐으며 자세한 내용은 『박인환, 나의 생애에 흐르는 시간들』이라는 책에서 다뤘으니 간략하게만 언급한다. 모윤숙은 남한의 단독정부 수립에 자신의 공이 컸다고 말하고 다닐 정도로 정치적 활동이 많았던 인물이다. 모윤숙과 유엔 대표부의 수장이었던 메논과의 관계에 대한 글도 많으니 따로 언급할 필요는 없겠으나, 박인환이 남로당 당원이라는 확실한 정보가 있다는 내용의 영문 편지를 유엔 대표부에 보낸 사람이 모윤숙이라는 점은 기억해야 한다. 박인환이 여러 시에 드러낸 아픔의 근원이 이 사건에 기반하고 있기 때문이다. 안두희가 김구 선생을 암살해 이승만 정권에 대한 원성이 높아지고 국제적 비난 여론이 고조됐던 시기에 5명의 유엔 출입기자단이 동시에 체포돼 유엔 대표부에서도 사태 파악에 나섰던 것을 보면 당시 정치적으로 중요한 사안이었음이 틀림없다. 김구 암살에 대한 수사 발표 예정일을 앞두고 기자들이 체포된 관계로 박인환이 일했던 『자유신문』을 포함해서 여러 신문의 기사를 살펴봤

더니 신문의 성향에 따라 내용에 차이가 컸다. 당시 『서울신문』의 경우 『경향신문』이나 『조선일보』의 김구 암살 사건의 자세한 보도와 달리 사안에 비해 작은 기사로 취급하고 있으며 후속보도 역시 미미했다.

박인환이 일하던 『자유신문』 보도는 내용뿐만 아니라 기사의 구성에도 다양함을 갖추고 있다. 1949년 김구 암살 이후 『자유신문』의 7월 5일 자에는 '김구 씨 암살로 표시된 한정치^{韓政治}의 심각한 저류 – 미기자 극동사태 중대시'라는 기사가 보도된다. 이 기사를 『자유신문』의 어떤 기자가 썼는지는 신문에 나와 있지 않다. 그러나 유엔 출입기자단 소속이고 영어 실력이 뛰어났던 박인환이 미국 기자를 섭외하고 인터

1949년 7월 5일 『자유신문』에 실린 '김구 씨 암살로 표시된 한정치의 심각한 저류 – 미기자 극동사태 중대시'라는 기사

뷰했을 가능성이 높다. 이처럼 유엔 출입기자단은 외국 기자, 유엔 대표부 관계자 등과 접촉이 용이했고, 외국 기자들은 그들이 가진 언어 장벽으로 부족한 정보의 접근성을 박인환과 같은 출입기자와의 접촉으로 도움 받았을 것이다.

　당시의 급변하는 정치적 상황에서 박인환을 위시한 5명의 유엔 출입기자가 남로당원이라는 혐의로 체포됐고, 국가보안법으로 고초를 겪은 후에 박인환의 시는 급격히 우울하게 변했으니 이 사건을 고독한 아킬레우스로 비유한 삶과도 연계하여 살펴볼 필요가 있다. 그리스 신화에서 아킬레우스의 어머니 테티스는 아름다운 여신인데 제우스가 매료돼 좋아했으나 테티스가 낳은 아들은 아버지보다 더 뛰어나게 된다는 신탁 때문에 제우스는 차마 테티스를 넘보지 못하고 인간인 펠레우스와 테티스를 결혼시켜 아킬레우스를 낳게 한다. 아킬레우스는 뛰어난 인간으로 태어났지만 안타깝게도 요절할 운명을 갖고 있다.

　박인환의 삶을 아킬레우스를 통해 바라보면 여러 유사점이 있다. 호메로스의 『일리아스』에 보면 아킬레우스는 어머니 테티스를 많이 의지하고 아버지는 이름만 나올 뿐 서로 대화 한 줄 없다. 박인환의 시에 어머니에 대한 기억이 나오지만 아버지란 단어는 수필을 포함해서 거의 등장하지 않는다. 다른 문인이 언급한 내용에 아버지와 박인환의 소원한 관계를 추정할 내용이 약간 있다. 아킬레우스가 트로이와의 전쟁에 참전했을 때 아가멤논이라는 연합군 대장이 권위를 이용하여 아킬레우스에게 모욕을 주었고 명예를 실추당했다고 생각한 아킬레우스는 전투를 거부하고 칩거에 들어간다. 그러나 친구의 죽음을 보고 다시 참전해 트로이의 명장 헥토르를 포함하여 수많은 적을 물리치는 등 전쟁의 흐름을 바꾸어 놓지만 결국 승리를 보지 못하고 이른 나이에 죽는다. 박인환 역시 자긍심 강하고 문학을 통해 헌신하고 싶어 했으나 권력을 가진 동료 문인의 모함과 폭력 앞에서 무너졌고, 결국 누명으로 만들어진 죄이지만 전향서를 발표하고 보도연맹에 가입해 활동하는 불명예를 얻고 한 권의 시집을 낸 후 젊은 나이에 생을 마감했다.

그의 시를 읽다 보면 그리스 신화의 신탁처럼 예언적인 내용이 자주 나오며 실제와 많이 맞아떨어져 섬뜩한 놀라움을 느낀 때가 많았다. 박인환이 평소 쉴 새 없이 떠들었다는 문인들의 회고가 있지만 정작 그는 내면에 비밀과 아픔을 간직한 고독한 사나이였다. 명동백작으로 불리던 이봉구의 글에 보면 6.25전쟁 전에 모윤숙이 주관했던 건물 문예빌딩이 명동에 있었으며 모윤숙과 조연현이 『문예』라는 잡지를 만들고 건물 지하에는 '문예싸롱'이라는 다방이 있어 많은 문인들이 그 주변에 몰려들었다 하니 명동을 지나다니던 박인환에겐 남모를 아픔이 있었을 것이다.

남로당원이라는 죄목은 누명이지만 박인환 주변에는 월북문인도 많았고 평양의전을 다닌 탓에 북쪽과의 인연이 자연스러웠던 그를 정치적으로 몰아붙이기 쉬웠을 것이다. 박인환의 시 「남풍」이 1947년 7월 잡지 『신천지』에 실렸는데 시의 내용은 베트남을 배경으로 하고 외세로부터 해방을 향한 항쟁을 주제로 한다. 「남풍」이라는 제목은 평범해 보이지만 자세히 살피면 이면의 뜻이 있다. 「해방기 김영건의 문학 활동과 비평사적 의의」라는 이희환의 논문에 김영건이라는 인물은 일제강점기 베트남에서 오랜 기간 체류해 베트남 연구를 많이 했고 『신천지』라는 잡지에 관련 내용을 기고했던 것으로 나온다. 베트남 현지에 『남풍』이라는 민족지가 있었으며 우리 발음과 비슷한 'Nam Phong'으로 의미 역시 'Southern wind' 남쪽에서 부는 바람이다. 논문은 박인환의 「남풍」이 김영건의 연구에 영향을 받았을 것이라고 언급했다. 박인환의 시 「남풍」은 내용뿐만 아니라 제목의 선정에도 깊은 뜻을 함축하고 있다는 생각이다. 김영건이 월북인사인데다 「남풍」이 베트남 민족항쟁을 소재로 했으니 색안경을 쓴 입장에서는 의혹의 눈길을 보낼 만은 하다. 그러나 당시 베트남도 외세에 의해 남과 북으로 나뉘어 있었으며 시에는 월남이라고 위치를 확실히 적었고, 『남풍』이라는 베트남의 민족지도 굳이 분류하자면 전투적이거나 진보적인 잡지가 아니라 민족주의 시각을 갖고 있으며 내용에도 한계가 있는 잡지였다. 때문에 박인환이 체포되기 이전에 쓴 참여시 역시 그의 정치적 입장을 명확하게 드러내고 있는 것이다. 1946년 4월 2일 『자유신문』에 인도네시아 독립 문제에 대한 기사가 1면 1단 기사로 나왔는데, 미군정 치하에서 독립을 염원하던 민중들은 식민지로 있던 주변 국가들의 정세

1946년 4월 2일 『자유신문』에 실린
인도네시아 독립 문제에 대한 기사

에도 촉각을 세우고 있었음을 보여준다. 박인환 역시 인도네시아의 정
치 상황을 소재로 한 시를 발표했으니 「남풍」의 소재인 베트남을 포함
해 한반도와 유사한 아시아권의 독립 문제에 깊은 관심을 가지며 자주
독립을 열망했음을 확인할 수 있다.

　1949년 3월 『개벽』에 발표한 「열차」라는 시는 영국의 시인 스티
븐 스펜더의 시를 인용한 부제목을 갖고 있다. 스펜더를 연구한 영문
학 논문을 보면 스티븐 스펜더의 「THE EXPRESS」에서 열차는 '공산
당 선언'을 의미한다. 박인환이 좋아했던 영국의 시인 오든과 스펜더
는 한때 공산주의자로 활동하다 스페인 내전 이후 전향한 문인들이
며 이들은 스페인 내전 중 스페인에 다녀왔던 참여적 지식인 그룹이었
다. 박인환이 스펜더의 열차가 공산당 선언을 의미하는 것인지를 알았
는가에 대해 확증할 증언이나 자료는 없다. 하지만 시의 내용을 보았

을 때 알고 썼다는 것이 합리적 판단이며 그렇게 보고 시를 읽으면 내용을 이해하기 쉽다. 당시 서구뿐만 아니라 많은 지식인들은 자본주의로 인한 세계대전과 대공황을 겪으면서 마르크스의 이론에 심취했고, 봉건제를 타파한 러시아 혁명으로 공산주의에 많은 기대를 가졌다. 그러나 스탈린 독재를 지켜보며 회의를 품은 사람들이 늘었고 스페인 내전 이후를 기점으로 돌아선 지식인들이 많았으며 문인들은 작품을 통해 적극적으로 견해를 표명했다. 조지 오웰의 『동물농장』이 대표적인 작품으로, 그는 스페인 내전에 공화군으로 참전했고 목에 총상을 입고 돌아와 스탈린을 모델로 『동물농장』을 썼으니 색안경을 쓰고 박인환의 「열차」를 바라볼 필요는 없다. 박인환 역시 그들과 같은 학문적 차원에서 바라보고 문학적 소재로 활용한 그 이상의 의미를 부여할 필요가 없는 것이다.

박인환의 글 중에 1948년 10월 『신천지』에 발표한 「싸르트르의 실존주의」라는 평론이 있다. 이 평론과 관련해서 주목할 인물이 있다. 해방 이후 김동리와 순수시 논쟁으로 유명한 김동석이다. 박인환이 사르트르에 대한

1947년 9월 13일 『서울신문』 '자본론' 광고

글을 발표하기 바로 전,『국제신문』에 1948년 9월 23일부터 26일까지 4회에 걸쳐 김동석은「고민하는 지성 - 사르트르의 실존주의」라는 기고문을 냈다. 그리고 박인환과 같은 시기인 1948년 10월『신천지』에「실존주의 비판 –사르트르를 중심으로」라는 글을 썼다. 김동석은『신천지』에 발표한 글에서 관계자의 부탁으로 어쩔 수 없이 글을 쓴다고 간략하게 언급했는데 당시 김동석은 나이로나 경력으로나 박인환과 비견할 수 없는 중량감을 가진 인물이다. 박인환의 글은 사르트르를 소개하는 내용이고 김동석은 사르트르를 비판하는 내용이다.『신천지』는 2차 대전 이후 서구 철학계를 강타한 사르트르의 실존주의를 주제로 기획기사를 준비했고 김동석은 스물셋의 젊은 신예 박인환 등과 짝을 이루는 글을 발표하는 데 약간의 심적 부담이 있었는지 굳이 글을 쓰게 된 사연을 적어놓았다. 누가 부탁을 했고 기획을 했는지는 모르지만 박인환에겐 문인으로서의 입지를 높이는 일이었다고 짐작된다.

어찌 됐건 김동석도 이후 월북했으니 박인환 주변에서는 이렇게 저렇게 월북한 사람들이 많았다. 일본이 물러가고 갑자기 남북으로 나뉘었으니 박인환만이 아니고 거의 모든 사람들이 그런 상황에 처했다고 보는 것이 맞겠지만 박인환의 주변 여건과 국가보안법 위반 혐의로 체포된 경력으로 인해 박인환의 주변 사람들은 박인환과 가족에게 후환이 미칠까 봐 걱정을 했는지 1945년 8.15 이후 평양의전을 그만두고

6.25전쟁까지의 이전 행적에 대해서 입을 닫아버린 정황이 역력하다. 때문에 박인환을 연구함에 있어 아쉬운 점을 많이 느꼈다. 박인환 연보에서 서점 마리서사의 개업 시기를 1945년으로 밝히고 있으나 문인 양병식은 자신의 귀국 시기가 1946년인데 오장환의 남만서점을 방문하여 책과 향로를 선물 받았고 이후 남만서점이 문을 닫은 뒤에 마리서사가 열렸다고 명백하게 시기를 밝힌 바 있다. 마리서사 개업 시기의 혼선이 나타나는 이유는 월북시인 오장환과 박인환의 관계를 밝힐수록 박인환을 난처하게 만들 가능성이 높았기 때문에 이를 차단하기 위한 방편으로 시기를 달리한 증언이 나왔다고 생각한다. 즉 1945년을 마리서사의 개업 시기로 잡으면 남만서점과는 관계가 없는 일이 된다. 마리서사의 개업 시점을 바꿔 말해야 할 정도로 당시는 위험한 시대였고 연좌제로 인해 억울한 삶을 살다간 사람들이 부지기수였으니 비단 박인환만의 문제는 아닐 것이다. 그나마 다행인 것은 시대적 상황과 자신의 삶을 난해하나마 시에 표현해두었으니 시를 분석하고 남은 기록들을 대조하면 구멍 난 조각들이 조금씩 채워진다는 것이다.

미끄럼판에서
나는 고독한 아킬레스처럼
불안의 깃발 날리는
땅 위에 떨어졌다

머리 위의 별을 헤아리면서

그 후 이십 년
나는 운명의 공원 뒷담 밑으로
영속된 죄의 그림자를 따랐다.

아 영원히 반복되는
미끄럼판의 승강
친근에의 증오와 또한
불행과 비참과 굴욕에의 반항도 잊고
연기 흐르는 쪽으로 달려가면
오욕의 지난날이 나를 더욱 괴롭힐 뿐.

멀리선 회색 사면과
불안한 밤의 전쟁
인류의 상흔과 고뇌만이 늘고
아무도 인식지 못할
망각의 이 지상에서
더욱 더욱 가라앉아 간다.

처음 미끄럼판에서
내려 달린 쾌감도
미지의 숲 속을
나의 청춘과 도주하던 시간도
나의 낙하하는
비극의 그늘에 있다.

센티멘탈 저니

센티멘탈 저니

신시론 동인 활동을 함께했으면서도 앙숙관계이던 김수영은 박인환과의 인연 및 작품 등에 대하여 여러 편의 글을 남겼다. 박인환과 애증을 함께했던 김수영의 솔직한 표현을 처음 마주하면 당혹스러운 느낌을 받을 수도 있다. "나는 인환을 가장 경멸한 사람의 한 사람이었다. 그처럼 재주가 없고 그처럼 시인으로서의 소양이 없고 그처럼 경박하고 그처럼 값싼 유행의 숭배자가 없었기 때문이다."로 시작한 글에서 김수영은 박인환의 장례식에도 일부러 가지 않았다고 말했다.

경멸했다는 표현 등이 나온 김수영의 회고를 근거로 현재에도 여러 평론가들은 박인환을 평가절하하고 심지어는 '양아치'라는 단어를 언급하기도 한다. 또한 김춘수 시인은 「〈후반기〉 동인회의 의의」라는 글에서 박인환의 「센티멘탈 저니」라는 시가 아폴리네르의 시 「미라보 다리」에 나오는 감상적인 구절을 패러디한 것으로 보이고 당시와는 어울리지 않는 서구 취향의 단어들을 사용했다는 비평문을 썼다. 현재진행형인 박인환에 대한 날 선 비판은 나름의 근거를 가지고 있다. 이런 비판에 대해 반론을 제기한 글도 있었으나 아직까지 표절 가능성을 포함한 의혹 등을 해소시키지는 못했다. 박인환의 시를 이해하지 못해서 발생하는 문제를 막연한 느낌과 애정만으로 해결하려고 하다 보면 부족한 논리로 인해 반발을 부르기 십상인 까닭이다.

박인환은 「센티멘탈 저니」를 1954년 7월 『신태양』에 '수영에게'라는 김수영 시인의 이름을 부제로 달아 발표했다. 즉 「센티멘탈 저니」는 김수영에게 보내는 형식을 취했던 것이다. 그러나 1955년 발간된 선시집에는 '수영에게'라는 부제를 뺐다. 이를 두고 사람들 사이에서 둘 사이가 나빠져서 그랬다는 등의 추측이 무성했다.

센치멘탈 · 쨔-니
– 수영에게

주말여행
엽서.....낙엽
낡은 유행가의 서름에 맞추어
피폐한 소설을 읽던 소녀

이태백의 달은
울고 떠나고
너는 벽화에 기대여
담배를 피우는 숙녀.

카푸리 섬의 원정
파이프의 향기를 날려 보내라
이브는 내 마음에 살고
나는 그림자를 잡는다.

세월은 관념
독서는 위장
그저 죽기 싫은 예술가

오늘이 가고 또 하루가 온들
도시의 분수는 시들고
어제와, 지금의 사람은
천상 유사를 모른다.

술을 마시면 즐겁고

비가 내리면 서럽고
분별이여 구분이여

수목은 외롭다
혼자 길을 가는 여자와 같이
정다운 것은 죽고
다리 아래 강은 흐른다.

지금 수목에서 떨어지는 엽서
긴 사연은
구름에 걸린 달 속에 묻히고
우리들은 여행을 떠난다
주말여행
별 말씀
그저 옛날로 가는 것이다.

아 센치멘탈 쨔-니
쎈치멘탈 쨔-니

1954년 7월 박인환이 수영에게 보내는 시를 기고하기 전의 상황을 알기 위해 『김수영평전』(최하림) 등을 통해 김수영의 삶을 간략하게 이해할 필요가 있다.

김수영(1921~1968)은 선린상고를 졸업한 후 일본 도쿄로 유학을 갔고 연극학원에서 공부를 하다가 일본이 미국과 전쟁을 벌이며 징병과 징용으로 조선인을 끌고 가던 시기에 이를 피해 귀국했고 이후 어머니가 장사를 하던 만주로 갔다. 만주에서 연극을 하던 김수영은 8.15해방 후 귀국해 마리서사의 박인환 등과 교류한다. 박인환과 신시론 활동을 같이하던 김수영은 49년 김현경과 결혼한다. 1950년 6.25전쟁이 일어나 피란하지 못한 김수영은 첫 아이를 임신 중인 부인을 두고 의용군으로 끌려간다. 북으로 끌려간 김수영은 의용군에서 탈출해 남하하다 체포돼 죽을 위기에 처했으나 모진 고생 후에 재차 탈출해 서울로 돌아온다. 서울에 온 김수영은 어머니 집 근처에서 경찰에 붙잡히고 결국 가족과 만나지도 못하고 포로 신세가 되어 인천에 잠시 수용됐다가 거제도 포로수용소로 가게 된다. 김수영의 부인 김현경은 남편의 행방을 찾는 과정에 이종구와 동거생활을 하게 된다. 이종구는 김수영의 고교선배이기도 하며 일본 유학시절 같이 생활했고 해방 후 잠시 영어학원을 동업한 가까운 사이였다. 김수영이 바깥소식을 전혀 모르는 채 포로생활을 하던 거제포로수용소는 총을 들지 않은 또 하나의 전쟁터였다. 김수영은 의용군 생활과 탈출 과정, 포로가 되는 과정, 포로생활에서 엄청난 폭력에 시달리며 심한 정신적 트라우마를 입게 된다. 포로수용소 생활 중 어머니와 면회를 통해 가족상봉을 했고 종군작가 신분의 박인환도 면회를 온다. 그러나 김수영은 부인을 만나지 못했고 후에 자초지종을 알게 된다. 1952년 말에 석방된 김수영은 부산으로 박인환을 찾아갔고 가족과 살던 박인환은 혼자인 이봉래에게 김수영을 보내 잠시 몸을 의탁할 공간을 마련해 준다. 키가 큰 김수영이 훨씬 작은 이봉래의 옷을 입어서 손목 발목이 다 드러나는 모습이 이색적이었다는 증언이 있어 이 과정은 신빙성이 높다. 포로수용소에서 미군 군의관 장교의 통역을 했던 김수영은 이후 주변의 도움으로 미군 통역 일을 맡기도 했으나 쉽게 안정하지 못했고 이종구와 살고 있던 부인을 찾아갔으나 홀로 걸음을 되돌려야 했다. 이후 김수영은 외부세계와 단절하다시피 지냈고 술을 마시면 가족에게 욕설을 퍼붓고 가재도구를 부수는 등 정서적으로 몹시 불안한 상태였다. 1953년 9월 휴전으로 전쟁은 멈췄으나 전쟁의 상처를 피하지 못한 수많은 사람들이 거리에 넘쳐났고 전쟁의 긴 후유증은 이제 시작이었다. 이러한 시기에 김수영의 고통과 번뇌를 알고 있는 박인환이 '수영에게'라는 부제를 달고 시를 썼던 것이다.

「센티멘탈 저니」 역시 매우 이해하기 어려운 시이다. 차근차근 하나씩 중요한 문제를 짚어보겠다. 김춘수 시인이 지적한 「미라보 다리」를 패러디했다는 부분은 옳은 지적이다. 먼저 시 「미라보 다리」를 보자.

> 미라보 다리 아래 센 강이 흐르고
> 우리의 사랑도 흐르는데
> 나는 기억해야 하는가
> 기쁨은 늘 괴로움 뒤에 온다는 것을
>
> 밤이 오고 종은 울리고
> 세월은 가고 나는 남아 있네
>
> 서로의 손을 잡고 얼굴을 마주하고
> 우리들의 팔이 만든
> 다리 아래로
> 영원한 눈길에 지친 물결들 저리 흘러가는데
>
> 밤이 오고 종은 울리고

세월은 가고 나는 남아 있네

사랑이 가네 흐르는 강물처럼
사랑이 떠나가네
삶처럼 저리 느리게
희망처럼 저리 격렬하게

밤이 오고 종은 울리고
세월은 가고 나는 남아 있네

하루하루가 지나고 또 한 주일이 지나고
지나간 시간도
사랑도 돌아오지 않네
미라보 다리 아래 센 강이 흐르고
밤이 오고 종은 울리고
세월은 가고 나는 남아 있네

「미라보 다리」는 시인 아폴리네르가 연인 마리 로랑생과 이별 후의 안타까운 심정을 표현한 것이다. 내용을 보면 '다리 아래 강이 흐른다' 라는 내용이 「센티멘탈 저니」에도 있다. 중요한 점은 김춘수가 지적한 아폴리네르의 시 「미라보 다리」 외에 한국 시를 인용한 부분이 하나 더 있다는 것이다. 김춘수는 한 곳을 지적했지만, 김수영의 시 「토끼」와 유사한 내용이 「센티멘탈 저니」의 전반부에 있다.

토끼

1
토끼는 입으로 새끼를 뱉으다

토끼는 태어날 때부터
뛰는 훈련을 받는 그러한 운명에 있었다
그는 어미의 입에서 탄생과 동시에 타락을 선고받는 것이다

토끼는 앞발이 길고
귀가 크고
눈이 붉고
또는 〈이태백이 놀던 달 속에서 방아를 찧고〉.....
모두 재미있는 현상이지만
그가 입에서 탄생되었다는 것은 또 한번 토끼를 생각하게 한다

자연은 나의 몇 사람의 독특한 벗들과 함께

토끼의 탄생의 방식에 대하여

하나의 이덕을 주고 갔다

우리 집 뜰앞 토끼는 지금 하얀 털을 비비며 달빛에 서서 있다

토끼야

봄 달 속에서 나에게만 너의 재주를 보여라

너의 입에서 튀어나오는

너의 새끼를

　1949년 발표한 「토끼」의 내용에 이태백의 달이 나오며 이는 「센티
멘탈 저니」에도 있다. '토끼'는 김수영의 부인 김현경 여사를 상징한
다. 김현경 여사는 『김수영의 연인』이라는 수필집에서 자신은 토끼띠
이며 김수영 시의 토끼는 본인을 말한다고 밝혔다. 나에게만 너의 재
주를 보여 달라는 즉 다른 사람 말고 오직 나의 아이를 낳고 함께 살자
는 내용으로 이해하고 보면 느낌이 있을 것이다. 박인환은 수영에게
이태백의 달 속에서 방아 찧던 토끼가 떠났다고 현재 상황을 말한다.
시인 아폴리네르가 떠난 연인을 생각하며 다리 아래 흐르는 강물을 보
았듯이 김수영의 처지를 빗댄 것이다. 전쟁 중 영문도 모르게 다른 사
람에게 떠난 부인을 생각하며 고통스러웠던 김수영과 박인환이 쓴 「센
티멘탈 저니」는 어떤 연관성이 있을까? 「센티멘탈 저니」가 과연 누구

인가라는 의문을 풀기 위해 연구가 있었고 서규환 교수는 1700년대에 발표된 『센티멘탈 저니』라는 소설에 중요한 해답이 있다고 주장했다. 박인환은 시인이자 영화평론가이기도 했고 영화 내용이 시에 자주 등장하는 특성이 있다. 〈센티멘탈 저니〉가 영화라는 사실을 알아야 수영에게 시로 전하려 했던 박인환의 의도를 이해할 수 있다.

1946년 월터 랭 감독의 영화 〈센티멘탈 저니〉가 1947년 한국에서 상영됐다. 영화의 줄거리를 간략히 보면, 사랑이 지극한 부부인 브로드웨이 프로듀서 빌(배우 John Payne)과 그의 부인이자 여배우인 줄리(Maureen O'Hara)는 아이를 가질 수 없었다. 줄리는 심장병으로 삶이 얼마 남지 않았으며 남편에게는 이 사실을 비밀에 부쳤다. 줄리는 우연히 고아 소녀 히티를 만나고 남편의 동의를 얻어 히티를 입양한다. 줄리는 히티를 극진히 보살피며 자기가 죽은 후에 히티가 줄리의 딸로서 자신을 대신해 빌리의 심적 안정을 돌봐주기 바란다. 그러나 빌리는 부인을 잃은 상실감을 극복하지 못했고 죽은 줄리를 떠오르게 만드는 행동을 하는 히티를 보며 오히려 매몰차게 대한다. 히티는 괴로워하며 집을 떠나고, 막상 마음이 아팠던 빌리는 줄리와 함께 즐겨 춤을 추며 행복했던 시절의 추억의 음악이 들려오던 순간 줄리의 유령이 말하는 소리를 듣게 된다. 내용은 히티는 당신과 나를 연결해주는 고리(Ring)이며 히티로 인해 우리는 함께한다는 뜻이다. 결국 빌리는 히티를 찾아 나서고, 부인 줄리와 히티가 우연히 처음 만났던 바닷가에서

영화 〈센티멘탈 저니〉 광고

울고 있는 히티와 재회하며 결말부에서 부녀가 화해한다는 내용의 영화이다.

박인환이 극한의 좌절감에 시달리던 친구에게 전달한 내용은 김수영이 괴로운 상황이지만 아이를 보고 미래의 행복을 찾아가라는 조언이 핵심 주제인 것이다. 이를 뒷받침하는 김수영의 「벽」이라는 글이 있다. 김수영은 「벽」에서 박인환이 과거 자기에게 했던 말이 있는데 왜 그런 말을 했는지 모르겠지만 또렷이 기억에 있다고 회고한다. "부부란 자식 때문에 사는 거야. 여기 성냥갑이 두 개 있지. 이 성냥갑 사이에 성냥개비를 하나 놓자. 이 성냥개비는 두 쪽의 성냥갑에 실을 동여

매고 있어. 그래서 한쪽의 성냥갑이 멀어질 때면 이 성냥개비가 실을 잡아당기는 거야. 너무 멀리 가면 안 된다고."라는 내용이다. 박인환은 김수영의 심리상태가 매우 불안하고 어려운 때에 그의 고통과 번민을 정확히 알고 있었고 그 옆에서 지켜보며 간접적인 조언을 했던 것이다. 김수영의 부인은 결국 돌아왔고 둘 사이가 빨리 회복된 것은 아니지만 김수영은 서서히 안정을 해나갔고 부인과 함께 닭을 키우며 생계를 꾸리고 문학에 전념해 한국문학사에 커다란 발자취를 남겼다. 1955년 『박인환선시집』에서 「센티멘탈 저니」에 '수영에게'라는 부제를 뺀 것은 사이가 틀어져서라기보다 당시의 문제가 해결됐기 때문이라고 보는 것이 타당하다.

김수영의 글에 박인환에 대한 부정적인 내용이 많은 것은 명확한 사실이다. 김수영은 비록 자신의 허물을 밝히는 내용이라도 솔직하게 쓰는 작가이다. 그가 없는 말을 썼다고 생각하는 사람은 없다. 그런데도 우리는 오독의 가능성을 생각할 필요가 있다. 박인환이 정말 하찮은 사람이라 치고 그래서 장례식에도 가지 않았는데도 불구하고 김수영은 박인환에 관한 여러 편 장문의 글을 남기고 비석을 제막할 때는 왜 갔는지 곱씹을 필요가 있다. 김수영은 박인환과 언쟁하는 과정에 들었던 그리고 이해하지 못했던 말들을 가슴에 담아놓고 두고두고 생각했다. 김수영은 프로이트의 정신분석을 읽고서야 과거에 박인환이 했던 말을 떠올리며 나중에 이해했다고 밝혔으며 박인환에 대해 불만스러운 회고를 더 남겼다. 또한「참여시의 정리」라는 글에서 박인환 시에 대해 비판의 날을 세우기도 했다. 김수영은 박인환과 언쟁을 할 때면 늘 먼저 입을 다무는 쪽이었다고 전해지는데 비록 재기 넘치는 박인환 앞에서 입을 다물었지만 마음이 물러선 것은 아니었고 그는 계속 고민하고 공부하며 박인환과의 전투를 이어갔던 것이다. 그리고 김수영은 박인환이 죽고 없어도 살아있었을 때 싸웠던 것처럼 똑같은 마음의 상태로 전투를 이어가듯 글을 쓴 것이다. 박인환은 살아서도 죽어서도 김수영과 앙숙이었고, 김수영은 박인환을 결코 가벼운 상대로 생각하지 않았던 것이다. 김수영이 한국 시단에서 독재 권력에 저항하는 참여시를 쓰며 기존의 주류 문단과 대척점에 섰는데, 막상 박인환을 회고할 때 비판적인 내용으로 읽힐 수 있는 글을 썼으니 박인환은 이쪽 저쪽에서 충분히 오해받을 처지에 놓여있었다.

김수영과 박인환은 동인활동을 같이했어도 관심분야에 커다란 차이가 있었고 그로 인해 빚어진 언쟁은 서로를 자극하고 공부하게 만드는 긍정적 역할이 많았다고 보는 것이 타당하다. 박인환의 시에 보면 세상과 타협하는 것에 대한 반성과 미래에 비쳐질 시인으로서의 자신의 모습에 두려움이 나타난다. 아마도 박인환은 김수영과 다투고 돌아온 밤이면 김수영의 송곳처럼 날카로운 지적에 잠을 못 이루고 번민했던 흔적을 고스란히 시로 표현했던 모양이다.

시「센티멘탈 저니」가 김수영 시인에게 전하는 메시지 형식을 취하면서 서로가 공통적으로 이해할 수 있는 작품을 인용해 의미를 전달한 작품이므로 표절 또는 패러디라는 비난은 오해에서 비롯된 것이니 시간이 흐르면서 바로잡는 과정도 있을 것으로 믿는다.

검은 준열의 시대

검은 준열의 시대

「검은 준열의 시대」는 현재 제목만 남고 내용은 전하지 않는 시이다. 박인환은 첫 시집 제목을 '검은 준열의 시대'로 정하고 1954년 출간을 위해 광고까지 했다. 결국 1955년 『박인환선시집』이라는 바뀐 제목으로 첫 시집이 나왔지만 박인환에게 「검은 준열의 시대」는 중요한 의미가 있다고 추정된다. 박인환은 1950년 6.25전쟁 시기에 피난을 못 해 서울에 남았던 인민군 치하를 회상한 글 「암흑과 더불어 3개월」에서 「검은 준열의 시대」라는 제목의 시를 썼다는 기록을 남겼기 때문에 시가 존재했던 것은 확실하다. 이러한 연유로 박인환 60주기 기념시집은 『검은

준열의 시대』라는 제목으로 발간됐다. 박인환은 1949년 7월 국가보안법 위반 혐의로 체포된 이후 1950년 5월『경향신문』에 「1950년의 만가」라는 제목의 우울한 시를 발표한 것을 제외하고 1951년 6월까지 시의 공백기가 존재한다. 마치 시를 잊은 것처럼 보였다는 당시를 회상하는 문인 장만영의 증언도 있으니 박인환에게 중요한 변화가 있었던 시기임은 확실하다. 박인환의 공식적인 시작 활동에 공백이 있는 것은 명확하지만 「세 사람의 가족」, 「검은 준열의 시대」 이 두 편의 시는 1950년 전쟁 중에 쓴 것이 확실하다. 1950년 9월 25일 둘째딸 세화가 태어났으니 세 사람의 가족은 그 이전에 쓴 시이다.

나와 나의 청순한 아내
여름날 순백한 결혼식이 끝나고
우리는 유행품으로 화려한
상가의 쇼윈도를 바라보며 걸었다.

전쟁이 머물고
평온한 지평에서
모두의 단편적인 기억이
비둘기의 날개처럼 솟아나는 틈을 타서
우리는 내성과 회한에의 여행을 떠났다.

평범한 수확의 가을
겨울은 백합처럼 향기를 풍기고 온다.
죽은 사람들은 싸늘한 흙속에 묻히고
우리의 가족은 세 사람.

토로소의 그늘 밑에서
나의 불운한 편력인 일기책이 떨고
그 하나하나의 지면은
음울한 회상의 지대로 날아갔다.

아 창백한 세상과 나의 생애에
종말이 오기 전에
나는 고독한 피로에서
빙화처럼 잠든 지나간 세월을 위해
시를 써 본다.

그러나 창밖
암담한 상가
고통과 구토가 동결된 밤의 쇼윈도

그 곁에는

절망과 기아의 행렬이 밤을 새우고

내일이 온다면

이 정막의 거리에 폭풍이 분다.

-「세 사람의 가족」 전문

시의 내용을 보면 계절은 가을이니 세화가 태어나기 전 9월경에 썼다는 추정이 가능하다. 시의 내용은 시대적 상황과 맞물려 어둡다. 「세 사람의 가족」과 비슷한 시기에 쓴 「검은 준열의 시대」의 제목으로부터 추정 가능한 내용이 있다. 박인환의 시 중에 「검은 신이여」, 「검은 강」이 있다는 사실과 검은 신에 대한 의미도 앞에서 다루었으니 '검은'은 추가로 언급할 필요 없고 '준열의 시대'를 짚어보자. 준열하다는 단어는 누구나 사용할 수 있지만 준열이라는 단어에 중요한 의미를 부여해 사용한, 박인환과 떨어질 수 없는 사람이 있다. 바로 오장환이다. 오장환은 「소월 시의 특성」이라는 소월의 시 평론을 쓰고서 소월의 죽음을 다룬 「자아의 형벌」이라는 글을 발표했다. 「자아의 형벌」은 소월의 죽음을 다루면서 러시아 시인 에세닌을 함께 언급한다. 두 시인에게는 젊은 나이에 자살을 택했다는 공통점이 있다. 오장환은 소월의 죽음을 부조리한 시대에 감성이 예민한 시인이 자신의 박약한 지조를 살리기 위해, 점점 더러워지는 자신을 더러움 속에서 건지기 위한 최후의 방법으로 자살을 택했다고 주장한다. 에세닌의 시를 번역 출간하고 그의 삶을 다룬 글을 기고했던 오장환은 젊은 시절 방황의 시기에 에세닌의 시를 읽고 무척 많은 눈물을 흘렸다고 했다. 오장환은 두 시인의 죽음을 추정하면서 "자아에게 내리는 최고의 무자비한 형벌! 준열한 양심이 요구하는 지상명령! 이처럼 버젓하고 떳떳하게 보이는 듯한 감정 속으로 뛰어들려고 한다."는 문장으로 그들이 선택한 죽음을 설명한다. 「검은 준열의 시대」라는 제목에서 죽음을 관장하는 검은 신, 강요된 분단과 이념의 충돌로 빚어진 전쟁의 시대, 평화를 사랑하고 자유로운 영혼을 가진 시인이 피난을 미처 못 하고 숨어 지내며 쓴 시에 붙인 제목을 함께 묶어서 생각하면 시의 주제가 연상된다. 오장환이 「자아의 형벌」 후반부에 사용한 인용 "자살은 자유주의자가 사용할 수 있는 피난처"라는 말은 의미심장하다. 오장환의 「자아의 형벌」은 박인환이 오장환과의 이별을 소재로 쓴 「나의 생애에 흐르는 시간들」이 발표된 시기인 1948년 1월 『신천지』에 발표됐다. 오장환이 월북하기 전 「소월 시의 특성」과 「자아의 형벌」 원고를 미리 잡지사에 넘기고 간 것으로 추정된다. 박인환이 쓴 「아메리카 영화 시론」이 『신천지』에 오장환의 「자아의 형벌 소월 연구」와 함께 실렸기 때문에 오장환이 발표한 글을 보지 못했을 가능성은 없다. 때문에 검은 준열의 시대는 남북의 분단과 아울러 오장환과의 관계에서 오는 복합적인 번뇌가 함께 있다는 판단이다.

박인환은 「나의 생애에 흐르는 시간들」 이후에 1948년 12월 「전원
시초」라는 자신의 삶을 돌아보는 시를 발표한다. 「전원시초」는 어린
시절 강원도 인제에서의 성장기를 비롯해 시인으로 등단한 이후의 시
기를 포함한 것으로 보이는데 특히 눈에 띄는 부분이 있다.

언제부터 시작되고
언제나 끝이는
나의 슬픔인가
지금 쳐다보기도 싫은
기우러져가는
만하

전선우에서
비들기는
바람처럼 나에게 작별을 한다

찾어든 고독속에서
가까이 들리는
바람소리를 사랑하다

창을 부시는듯
별들이 보였다

칠월의 저무는 전원
시인이 죽고
괴로운 세월은
어데론지 떠났다

비 나리면
떠난 동무의 목소리가
강물보다도
내귀에
서늘하게 들리였다

-「전원시초」 부분

    시에 "칠월의 저무는 전원 시인이 죽고"라는 표현을 사용했는데, 같은 해 1월 발표한 「나의 생애에 흐르는 시간들」에는 "그의 얼골은 죽은 시인이었다"는 유사한 표현이 있다. 죽은 시인이 누구인가라는 문제는 시대적 상황과 연계해서 박인환의 문학세계를 이해하는 중요한 기준이 될 수 있다. 1948년 12월 이후에 발표된 박인환의 시는 고려하지 말자. 「전원시초」를 기준으로 하면 나머지는 아직 발표되지 않은 미래의 시이다. 「나의 생애에 흐르는 시간들」에 대한 내용은 『박인환, 나의 생애에 흐르는 시간들』(2018, 보고사)에서 자세히 다루었으며 '박인환은 오장환이 시를 버리고 정치적인 길로 들어섰기 때문에 시인으로서는 죽었다'고 천명한 내용이라는 설명을 앞에서 했다. 오장환은 월북하기 전 1947년 6월 하순부터 7월 하순까지 남조선문화단체총연맹 문화공작단 파견 운동에서 경남 일원을 중심으로 활동한 제1대의 부대장을 맡아 활동했다. 문화공작단은 총 2백여 명의 문화예술가를 네 개의 부대로 만들어 남한 전역으로 파견해 활동한 단체이다. 오장환은 당시 경찰뿐만 아니라 청년단체까지 가세해 문화공작단을 강경 탄압했으며 이후 8월 12일부터 9월 하순까지 대규모 검거선풍이 있었다고 기록했다. 그리고 대규모 검거선풍에서 오장환도 테러단의 먹이가 돼 온몸이 매를 맞아 먹구렁이같이 부풀어 올랐다는 기록을 남겼다.

해방 후 미군정기인 격동의 시대에 오장환의 문화공작단 활동과 박인환의 마리서사 시절을 연계해서 생각할 필요가 있다. 1947년 7월 마리서사가 진보계열 출판사인 노농사의 총판을 맡고 있었음을 증명하는 마리서사 홍보 광고가 실린 기록이 있다. 이는 마리서사가 당시 진보계열의 책을 판매하는 중심 서점이었음을 말한다. 비유하면 박정희, 전두환 정권 때 권력에 맞선 대학가의 사회과학 서점 역할과 비슷한 일을 마리서사가 수행했다고 보면 된다. 마리 로랑생의 사진이 걸

린 모던한 디자인의 마리서사와 사회과학 서점의 이미지는 어쩐지 어울려 보이지는 않는다. 마리서사 시절 인천 출신 배인철 시인이 자주 서점에 드나들었고 박인환, 김수영과도 친했는데 배인철이 마리서사에서 사회과학 서적의 유통과 관리를 담당했을 가능성도 있다. 1947년 5월 배인철이 남산에서 총격으로 사망했을 때 서적상 박 모 씨가 구속 취조를 당하고 있다는 『자유신문』 5월 13일 자 신문기사가 있다. 물론 박인환뿐만 아니라 김수영도 같이 고초를 겪었다는 사실은 김현경 여사도 밝혔다. 박인환의 구속취조는 서점을 조사하기보다는 배인철에 대한 우익테러를 치정관계로 몰아가기 위해서였다는 증언이 있지만 한편으로는 배인철과 마리서사와의 관계를 보여주는 기사라고 볼 수 있다. 사회과학 서적 유통은 서점주인 박인환의 뜻이라기보다 오장환의 요구가 관철됐다고 보는 편이 타당하다는 생각이다. 오장환이 검거선풍에 테러를 당할 정도의 중요인물이었고 당시는 언론계, 출판사, 예술계의 사무실 등 가리지 않고 체포 및 조사를 당하고 청년단의 습격을 받던 상황이었다. 따라서 노농사 총판을 맡은 마리서사도 폭풍을 피하지 못했을 것이다. 박인환의 마리서사 시절에 대한 기록은 생각보다 별로 없고 단편적인 언급만 남아 있을 뿐이다. 마리서사에 많은 문화예술인이 드나들었고 박인환도 활발하게 문학 활동을 했던 시기임에도 불구하고 본인 역시 별말을 남기지 않았다. 여기에는 시대적 상황과 맞물린 탓이 크겠지만 박인환이 오장환과 관련돼 불필요한 오해로 불이익을 당할까 걱정해서 입을 닫았을 가능성이 높다. 서점을 운영하며 문학의 길로 들어선 박인환의 입장에서는 문학보다 정치적 행보에 중점을 둔 오장환과의 갈등을 피할 수 없었다고 판단된다. '칠월의 저무는 전원 시인이 죽고 지금은 쳐다보기도 싫은 만하'는 오장환의 정치적 행보와 연계해서 1947년의 상황과 시기적으로도 잘 들어맞고 마리서사를 접은 이유가 단순히 경영이 되지 않아서만은 아니라는 사실을 유추할 수 있다. 박인환이 1949년 국가보안법 위반 혐의로 체포된 것과 1947년의 상황도 무관하지 않아 보인다. 1950년 한국전쟁 발발로 서울이 함락됐고 박인환이 이승만 정부에서 모진 고생을 했지만 인민군이 지배하는 상황에서도 힘들기는 마찬가지였다. 문화인으로 살며 문학을 통해 시대를 표현하고자 했던 그에게 참혹한 전쟁이 해줄 수 있는 것은 삶과 죽음의 시간을 돌아보는 것 외에는 별로 없었을 것이다. 바로 이 시기에 박인환이 「검은 준열의 시대」라는 시를 썼으니 비록 제목만 남았지만 각각의 단어들이 묵직하고 의미심장하다. 1954년 말에 '검은 준열의 시대'라는 제목으로 시집을 출판하려고 했으나 막상 1955년에 나온 시집에 「검은 준열의 시대」라는 시의 내용이 없는 것으로 추정하면 박인환은 이념의 대립 속에서 양쪽에 대한 언급을 했고 어느 편에서건 위험에 처할 수 있는 비판적 내용이 담겼을 가능성이 높다. 전쟁 초기 안심하라는 정부의 방송이 있었지만 막상 서울 한강다리가 국군에 의해 폭파돼 시민들은 고립됐고 인민군에 의해 차단된 서울에 남았던 시인의 내면은 '자유주의자가 선택할 수 있는 마지막 피난처'를 떠올리며 불안감에 대처하는, 애써 초연한 시인의 의지를 표현했을 수 있다. 어차피 남과 북 어느 쪽에서도 트집 잡힐 시라면 세상에 내보내기 어려운 현실이었으니 시 「검은 준열의 시대」에 있는 내용은 선시집에 실린 시들에 조금씩 나뉘어져 표현됐을 가능성이 높다. 『검은 준열의 시대』라는 제목의 시집에 해당 제목의 시를 포함하지 못한다면 또한 어색한 일이기에 결국 『박인환선시집』으로 출간됐겠지만, 20년이 지난 후 출간된 시집에도 「인도네시아 인민에게 주는 시」 등 참여시 몇 편은 실리지 못한 상태로 베스트셀러가 됐다는 점은 아쉬움이 있다. 아직 발굴되지 못해 묻힌 시도 많겠지만 있는 시가 읽히지 못하고 세상의 눈을 피해야만 하는 시대는 다시 오지 말아야 한다.

다행스럽게도 최근 『근대서지』 18호(2018)에 『박인환문학전집 1시』의 공동저자인 염철이 묻혀있던 박인환의 시 「가을밤거리에서」(『국민일보』1948.10.25.)를 한 편 찾아 발표했다.

바람속에 자동차가 굴러갓다
다리우에서 나는 최후의 사람을 기다리고잇다

최후의사람은 오지안엇다
가을밤거리에서 나는서잇다

내일부터 겨울이 시작되여간다
아 나의 낙엽과가튼 쓸쓸한 신세를 누구에게 맷겨아하나

가을밤 거리에서 횟바람을 부니
지나가는 여자가 웃는다

지나가는 시간이어
부서진 청춘이어

모든집웅이 가을바람속에 잠겨잇다

다리우에서 나는 별을 쳐다보고 잇다

아 최후의사람은 죽어버렷다
가을밤거리에서 나는 우럿다

해마다 이러한 정막의계절이
고층건물아래로
쓰라린 바람을 던져올 때
오지안는 사람이어

죽어버린 벗이여
또다시 가을밤 거리에는
내가 서 잇는줄 아러라

　필자는 이 시를 접하고 무척이나 반가웠다. 6.25전쟁 이전의 시가 이후의 시에 비하여 워낙 비중이 적은 편이라 아쉬웠는데 1948년의 시를 통해 당시 박인환의 상태를 가늠해 볼 수 있는 길이 넓어졌기 때문이다. 「가을밤거리에서」를 읽으면 '최후의사람'에 대한 궁금증이 생긴다. 박인환이 기다리던 최후의 사람은 시가 전개되면서 이미 죽은 사람이라고 밝히면서도 죽은 벗에게 미련이 남아 말미에 다시 마음을 전하고 있는 상황이므로 중요한 의미를 갖는다. '최후의사람'이 누구인지 유추할 단서가 1930년 발표된 김기림의 시 「슈-르레알리스트」(『조선일보』 1930.9.25.)에 있다.

> 그는 千九百五十年 최후의 시민-
> 불란서혁명의 말에의 최후의 사람입니다.
> 그의 눈은 「푸리즘」처럼 다각입니다.
> 세계는 꺽구로 채광되어 그의 백색의 카메라에 잡버집니다
> 새벽의 땅을 울리는 발자국 소리에 그의 귀는 기우러지나
> 그는 그 뒤를 딸흘 수 업는 가엽슨 절름바리외다.

김기림의 시에 나오는 최후의 사람과 박인환의 시에 나오는 이는 같은 사람이 아니다. 박인환과 동인활동을 같이했던 모더니즘 시인들은 김기림의 글과 시는 익숙할 정도로 많이 봤을 것이고 최후의 사람이라는 긴장감 있는 표현이 바로 「슈-르레알리스트」에 나온다는 정도는 알고 있었을 것이다. 이는 박인환이 멋있는 표현이 있으면 가져다 쓰니 조심해야 된다는 말을 동인이었던 김병욱이 처음 만난 조병화 시인에게 귀엣말로 전했다는 근거로도 생각된다. 작가가 다른 시인의 언어를 함부로 가져다 쓰는 것은 문제이지만 독자가 공통으로 이해할 수 있는 대상을 표현하기 위한 인용은 문학에서 허용된다. 과연 박인환은 누구

를 염두에 두고 김기림 시를 인용했는지 추적해보자.

　김병기는 가곡 「명태」로 유명한 시인 양명문을 이야기하면서 양명문과 친분이 있던 오장환을 당시 아폴리네르처럼 높은 평가를 받던 시인이라고 표현했다. 문예사조 흐름에 익숙한 화가 김병기가 70년 전의 시기를 회상하면서 초현실주의 시인인 아폴리네르를 잊지 않고 오장환과 함께 언급한 것은 오장환의 명성뿐만 아니라 1930년대가 인식한 오장환 시의 성격도 함께 표현했다고 생각한다. 김기림 시에 표현된 불란서혁명 말예의 최후의 사람은 먼저 보들레르와 랭보를 떠올리게 만든다. 세계가 거꾸로 채광돼 그의 시각에 잡히고 프리즘처럼 다각으로 세상을 보는 이가 최후의 사람이라고 김기림은 시에 설명을 했다. 두 사람에서 랭보보다는 보들레르가 오장환과 유사한 면을 더 많이 가졌다고 생각한다. 보들레르는 미술평론가로도 활동했으며 『악의 꽃』을 출간할 때는 글자의 모양, 크기, 여백, 책의 모양 등을 지시하는 편지를 출판업자에게 34통이나 보내는 외에 눈으로 확인하는 작업을 거치는 꼼꼼함을 보였다. 오장환이 스스로를 카인의 말예라고 지칭하고 매음굴에서의 모습을 연상시키는 내용을 시에 묘사한다거나 미술평론을 하는 등 문학예술 활동에 대한 유사성과 책에 대한 깐깐함을 보여주는 글과 회고를 보면 보들레르와 오장환은 비슷한 면이 많다. 박인환이 「가을밤거리에서」를 발표한 시기는 오장환이 월북한 10개월 정도 밖에 안 됐으나 그 사이 남한은 격변을 겪어 제주의 4.3항쟁과 여순사건으로 내전 상황에 치닫고 있었다. 비록 38선으로 나뉘었어도 사람과 소식이 오가던 1945~7년의 상황으로는 결코 돌아갈 수 없는 분단의 벽을 실감하는 시기였다. 박인환이 문단에 얼굴을 내밀고 빠르게 성장한 것이 오장환에 의지한 바가 많았던 만큼 '낙엽과가튼 쓸쓸한 신세를 누구에게 맥겨야하나'에서 확인할 수 있듯이 오장환의 부재는 박인환에게 커다란 전환의 시기였다. 「가을밤거리에서」에 대한 설명은 객관적 근거보다는 필자의 개인적 추론에 바탕을 두고 있지만 박인환의 문학적 삶은 오장환을 어느 정도 염두에 두고 보아야 좋은지에 대한 참고가 될 것이다.

가을의 유혹

가을의 유혹

『그리운 이름 따라 - 명동 20년』은 명동을 사랑해 명동거리에서 삶을 살았던 문인 이봉구가 쓴 명동 회상기이다. 『그리운 이름 따라 - 명동 20년』은 해방 후부터 주로 한국전쟁 전후를 배경으로 문인과 예술가들의 애환을 소재로 한 이야기로 술 향기가 진하게 배어 있다. 이봉구는 다방 '봉선화'에서 친구 오장환의 시 「THE LAST TRAIN」을 꺼내며 명동의 이야기를 풀어간다. 『그리운 이름 따라 - 명동 20년』의 이야기에는 오장환, 배인철, 김광균, 김수영, 서정주, 모윤숙 등 박인환과 관계있는 문인들의 회고담이 들어 있고, 특히 박인환의 이야기는 비중 있게 다루고 있어서 널리 알려진 박인환의 로맨틱한 모습은 대부분 이봉구의 애틋한 글에서 유래한다. 외상 술값 독촉에 "꽃 피기 전에 갚으면 되지"라는 말로 응수하며 다시 술을 주문하는 박인환의 모습과 주변 예술인의 이야기는 읽는 이의 마음을 낭만을 간직했던 아련한 옛 시절로 돌린다. 이봉구가 술을 좋아하는 만큼 박인환의 모습도 대부분 술자리의 기억으로 채워져 있다. 봄에는 진피즈, 가을엔 하이볼, 겨울은 조니워커를 마시고 담배는 럭키 스트라이크를 피우는 명동의 멋쟁이로 묘사된 박인환은 암울했던 시대와 대비되는 멋쟁이임에 틀림없다. 러시아 시인 에세닌이 자살하기 직전에 입었다는 롱코트를 미군 담요로 만들어 입고 코트로 바닥을 쓸며 동료들 앞에 나타났다던 그의 모습은 주변 문화예술인의 기억에 깊이 각인됐을 것이다.

박인환과 가까웠고 문학세계를 이해했던 사람들은 그를 추억하는 술자리에서 더 많은 이야기를 꺼냈겠지만 남아있는 기록은 그의 깊은 내면을 들여다보기에는 부족함이 있다. 1956년 봄 박인환이 사망한 그해 가을에 열린 '노라노의 패션쇼'를 박인환의 친구 이진섭과 이봉래가 사회를 맡아 진행했다. 만약 박인환이 살아있었다면 그가 사회를 보았을지도 모를 일이다. 노라노는 유명 패션 디자이너로 우리나라 최초의 공개 패션쇼를 열었던 1세대 패션 디자이너. 또한 노라노는 박인환이 관여하던 극단 '신협'의 의상 담당 디자이너였다. 노라노의 전기에 보면 전쟁 후 어렵던 시절에 부족한 자원으로 무대의상을 만드느라 고생을 했다고 전하며, 셰익스피어의 〈오셀로〉를 상연했을 때 오셀로가 입은 망토를 미군 담요로 만들어 무대에 올리는 등 주변의 다양한 소재를 활용해 예술 활동에 도움을 주었다는 내용이 있다. 박인환이 미군 담요로 만든 코트를 입고 나타났다는 문인들의 회상은 바로 연극 〈오셀로〉가 무대를 내린 후에 오셀로의 망토를 입고 나타난 모습을 기억한 것이다. 박인환은 1954년 테네시 윌리엄즈 『욕망이라는 이름의 전차』를 번역해 극단 신협에서 연극을 올렸다. 이 연극은 8월 26~31일 시공관에서의 초연을 시작으로 극장을 옮겨가며 세 차례에 걸쳐 재공연을 했을 정도로 대중의 관심을 끌었다. 여기에 등장하는 여주인공 블랑슈가 밋치라는 남성과 처음 인연을 맺을 때 피운 담배가 러키스(럭키 스트라이크 담배의 약칭)였고, 블랑슈가 극중 내용에서 중요한 전환기를 맞은 자신의 생일날(가을)에 마신 칵테일이 하이볼이다. 박인환이 즐겼다는 술과 담배 등은 그가 심혈을 기울여서 번역해 무대에 올린 작품에 연유하고 있다. 그는 자신의 삶과 문학 활동에

연극 '욕망이라는 이름의 전차'

럭키 스트라이크 담배 광고

경계가 없는 작가로서 치열한 삶을 살았으나 주변에서 그런 모습을 이해하기는 쉽지 않았을 것이다.

　박인환의 시에는 여성의 이미지가 다양하게 나타나고 있으며 여기에 대한 연구도 몇 편 있다. 여성이 시에 자주 등장하는 점 외에 여성 문인, 기자, 배우 등과의 일화도 전해지고 있으니 중요한 연구주제로도 볼 수 있다. 「가을의 유혹」이라는 시는 전쟁의 시대적 배경과 소녀의 죽음이 등장하는데 제목과 함께 내용을 자세히 들여다보면 미묘한 느낌이 있다.

　　　　가을은 내 마음에
　　　　유혹의 길을 가리킨다
　　　　숙녀들과 바람의 이야기를 하면
　　　　가을은 다정한 피리를 불면서
　　　　회상의 풍경을 지나가는 것이다.

　　　　전쟁이 길게 머무른 서울의 노대에서
　　　　나는 모딜리아니의 화첩을 뒤적거리며
　　　　정막한 하나의 생애의 한시름을
　　　　찾아보는 것이다
　　　　그러한 순간

가을은 청춘의 그림자처럼 또는

낙엽모양 나의 발목을 끌고

즐겁고 어두운 사념의 세계로 가는 것이다.

즐겁고 어두운 가을의 이야기를 할 때

목메인 소리로 나는 사랑의 말을 한다

그것은 폐원에 있던 벤치에 앉아

고갈된 분수를 바라보며

지금은 죽은 소녀의 팔목을 잡던 것과 같이

쓸쓸한 옛날의 일이며

여름은 느리고 인생은 가고

가을은 또다시 오는 것이다.

회색 양복과 목관 악기는 어울리지 않는다

그저 목을 늘어뜨리고

눈을 감으면

가을의 유혹은 나로 하여금 잊을 수 없는

사랑의 사람으로 한다

눈물 젖은 눈동자로 앞을 바라보면

인간의 매몰될 낙엽이

바람에 날리어 나의 주변을 휘돌고 있다.

-「가을의 유혹」전문

위의 시에서 주목해 보아야 할 소재는 모딜리아니의 화첩이다. 박인환의 시에 등장하는 인물이나 작품명은 시의 주제와 깊은 관련을 맺고 있다. 예를 들면 박인환이 1954년 화물선 남해호를 타고 미국 여행 후 쓴 시 「어느 날」은 흑인이 시의 시작과 끝에 등장하고 시인 휘트먼과 링컨도 등장한다. 링컨은 흑인을 노예에서 해방시킨 대통령이며, 휘트먼은 미국의 대표 시인으로 링컨을 주제로 쓴 시 「오 캡틴 나의 캡틴」이 유명하다. 「어느 날」은 링컨과 휘트먼의 등장으로 흑인이 노예에서 해방이 됐음을 명확하게 암시하지만 시의 마지막 부분에 흑인이 눈물을 흘리며 술을 마시는 장면을 통해 인종차별은 아직 현재진행형임을 상기시키고 있다.

「어느 날」과 마찬가지로 「가을의 유혹」에서 모딜리아니의 화첩을 보는 장면 또한 시의 중심 흐름과 밀접한 관련이 있다. 화가 모딜리아니는 마약과 알코올 중독으로 고생했지만 앳된 모델 에바를 만난 후 마약을 끊고 창작에 몰두해 에바를 모델로 훌륭한 작품들을 남겼다. 젊은 모딜리아니가 죽음을 맞자 에바는 뒤이은 자살로 생을 마감한 사연이 있다. 에바는 피폐한 모딜리아니에게 예술혼을 불어넣어 생의 마지막까지 창작에 몰두하도록 만들었다. 「가을의 유혹」의 모딜리아니는 박인환의 당시 심정과 유사하다는 점에 주목하여 시를 볼 필요가 있다. 박인환의 시는 1949년까지의 초반기를 제외하면 극도의 우울감과 전쟁의 아픔 등이 주된 내용을 이루고 있다. 심지어 미국을 여행하는 과정에서의 시도 마찬가지이다. 박인환은 반복해서 현생의 삶이 짧을 것임을 암시하며 그의 예술혼 역시 고갈되고 있음을 이야기한다. 1954년 1월 『태양신문』에 발표한 「〈제니의 초상〉 감상」이라는 영화평론은 예술혼이 고갈된 청년 화가 이벤이 현실에 존재하지 않는 어린 소녀를 만나 예술적 영감을 얻고 불후의 명작을 남기는 내용의 판타지 영화를 소개한 글이다. 박인환의 「가을의 유혹」에서 모딜리아니의 화첩과 죽은 소녀의 등장은 박인환 자신의 예술혼이 고갈되는 현실과 밀접한 관계가 있다. 꿈을 잃은 사람처럼 시를 쓰던 박인환은 스스로를 일으키지 못하고 외적인 대상으로부터 따스한 사랑의 온기가 가슴으로 불어오기를 기다리는 힘들었던 시기 마음의 작은 틈을 표현한 것이다. 세속적인 연인과의 사랑이 아니라 단테가 평생 가슴에 품었던 소녀 베아트리체를 그리며 『신곡』을 썼듯이 고난과 전쟁의 암흑 속에서도 빛이 되는 마음의 등불과 같은 존재를 등대 삼아 작품을 쓰는 작가의 모습을 박인환은 꿈꾸었던 것이다. 「목마와 숙녀」, 「세월이 가면」 등의 작품에서 그런 꿈같으면서도 아련한 사랑이 좀 더 구체적으로 표현됐다.

지금 그 사람 이름은 잊었지만
그 눈동자 입술은
내 가슴에 있네

바람이 불고
비가 올 때도
나는
저 유리창 밖 가로등
그늘의 밤을 잊지 못하지

사랑은 가고 옛날은 남는 것
여름날의 호숫가 가을의 공원
그 벤치 위에
나뭇잎은 떨어지고
나뭇잎은 흙이 되고
나뭇잎에 덮여서
우리들 사랑이
사라진다 해도…

지금 그 사람 이름은 잊었지만

그의 눈동자 입술은

내 가슴에 있네

내 서늘한 가슴에 있네

-「세월이 가면」 전문

　「세월이 가면」처럼 마음 놓고 쓴 낭만적인 시는 박인환의 작품 중에
찾기가 쉽지 않다. 노래를 만들기 위해 썼던 시인지라 그의 낭만적 취
향을 고스란히 느낄 수 있다. 박인환이 좋아했던 배우 험프리 보가트
주연 영화 〈카사블랑카〉에 나오는 아련한 사랑의 추억이 담긴 노래 제
목은 'Time goes by'이고, 아폴리네르와 마리 로랑생의 사연이 있는
시 「미라보 다리」에 언급된 내용은 세월이 가고 홀로 미라보 다리 아
래 흐르는 센강을 바라보는
연인의 모습이 그려진다. 박
인환은 그가 좋아한 시, 영화,
등의 낭만적인 작품에서 느
꼈던 감정을 「세월이 가면」에
서 아주 자연스럽게 표출하
고 있다. 비록 낭만적인 시는
적지만 그의 삶은 훨씬 낭만

카사블랑카 영화광고

적이고 감성이 풍부해 험난한 시대의 현실 적응과는 거리가 있었다.

제주 서귀포에 이중섭미술관이 있다. 화가 이중섭이 전쟁 중 부인과 아이들을 데리고 제주도로 피난을 와서 머물던 작은 집 뒤에 기념관을 만들었고, 이중섭과 박인환의 관계는 오장환에서 시작한다. 이중섭이 연고도 없이 적십자 병원에서 사망했을 때 일본에 있는 부인에게 부음을 전한 사람은 오장환의 막역한 친구인 김광균 시인이다. 이중섭은 오장환과 매우 가까운 사이로 오장환의 시집 『나 사는 곳』(1947, 헌문사) 속표지를 그려주었다. 이중섭의 고향 친구인 구상 시인이 제주도, 통영 등을 떠돌던 어려운 형편의 이중섭을 돕기 위해 『경향신문』 문화부장 김광주에게 부탁해 삽화를 그릴 수 있도록 주선했지만 이중섭은 그의 예술세계와 어울리지 않는다며 거절하고 어려운 삶을 고수했다. 이후 이중섭은 제주도를 떠나 부인의 고향인 일본으로 가족을 보내고 재회할 날을 꿈꾸며 창작에 몰두해 전시회를 열었으나 그의 그림은 불온하다며 압수를 당하는 등 수난을 겪는다. 이중섭이 일본의 가족을 만나기 위해 1953년 일본을 다녀왔는데 당시 대한민국은 일본과 국교가 단절된 상태라 일반인은 일본 여행을 할 수 없어 어렵사리 구한 대한해운공사 선원 자격증으로 부인이 있는 일본에 다녀왔다. 화가인 그가 선원 자격으로 외항선을 탈 수 있었던 배경에는 몇 가지 설이 있다. 항구 원산이 고향인 이중섭의 지인이 도왔다는 설, 시인 구상이 힘을 많이 써서 구했다는 설 등 다양하며 처삼촌이 대한해운공사 사장으로 있던 박인환이 도왔다는 이야기도 있다. 박인환이 1954년 남해호의 선원 자격으로 미국을 여행하고 왔던 사실을 상기하면 이해가 쉽다. 구상이 친구인 이중섭을 위해 사방으로 노력하는 과정에 김광균, 박인환도 충분히 사정을 들었을 것이고 아마 박인환은 자신의 일처럼 도왔을 것이다.

　동인 '후반기'의 활동을 같이했던 시인 조향은 피난지 부산에서 부정하게 돈만 축내는 단체라며 '문총 해체론'을 신문에 기고해 문단 권력으로부터 미움을 받은 인물이다. 이후 후반기는 해체됐지만 이미 후반기 동인들은 문단 주요인물의 눈 밖에 난 상태였다. 조향은 1954년 초 『주간 썬데이』에 소설 「구관조」를 발표한다. 「구관조」의 외설적인 내용이 문제가 돼서 『주간 썬데이』는 2회를 못 넘기고 폐간되는 사태를 맞이한다. 「구관조」의 내용에 '똥갈보'를 포함한 외설적인 단어가 자주 나오는 것은 사실이나 내용을 보면 피난지 부산의 다방에서 죽음을 택한 시인 정운삼 등의 자살 사건과 보들레르의 '악의 꽃', 프로이트의 '무의식' 등을 차용해서 전쟁 중 인간의 내면을 그린 소설이다. 「구관조」를 읽은 당시의 문인들이 그런 내용을 몰랐다고 생각하지 않는다. 물론 1857년 「악의 꽃」이 처음 나왔을 때 보들레르와 출판업자가 풍기문란을 이유로 고소를 당하는 등 수난이 있었지만 이는 한 세기 전의 일이고 「구관조」를 보면 외설적으로 심한 부분은 복자로 처리*했기 때문에 폐간은 지나친 처사였다는 생각이다. 이러한 문화예술계의 가혹한 상황은 특별히 이중섭과 조향에게만 국한된 일이 아니고 문화계 주변에서 흔하게 일어나던 시대였고 박인환에게도 역시 보이지 않는 족쇄가 채워져 있었으니 그의 시는 어두운 시대를 반영할 수밖에 없고 동료들과 술 한 잔의 틈새에서나마 그의 낭만적 기질이 토해져 로맨틱한 일화로 우리 곁에 남아있다.

---

* ——— 복자(伏字)는 조판할 때 해당하는 활자가 없을 때 또는 그 활자를 고의로 빼고자 할 때 임시로 아무 활자나 꽂는 일. 복자로는 주로 O, X 따위의 기호가 많이 쓰인다.

목마와 숙녀

목마와 숙녀

1975년 『문학사상』 9월호 표지는 술잔을 들고 있는 박인환의 모습으로 됐으며, 내용에는 오탁번의 「목마와 숙녀」라는 제목의 연재소설이 실렸다. 이 소설이 영화로 만들어져 상영됐으며 박인환이 자주 드나들던 은성이라는 술집 주인은 배우 최불암의 어머님인데 공교롭게 영화 〈목마와 숙녀〉에 최불암이 출연했다. 1979년 김주영의 소설 「목마 위의 여자」는 베스트셀러로 인기에 힘입어 영화로 만들어졌다. 1970~80년대 베스트셀러 시집인 『목마와 숙녀』의 인기를 실감할 수 있는 대목이다.

제주시 이호해변에 가면 두 마리 말 모양의 이호테우등대를 볼 수 있다. 등대가 보이는 이호해변 해물라면집 주인에게 등대 이름을 물으니 트로이목마를 닮아 목마등대라 부른다고 대답한다. 이색적인 목마등대가 만들어지고 관광객이 늘었느냐는 질문에 가볍게 고개를 끄덕였다. 목마등대 사진은 진눈깨비가 내리던 2월의 궂은 날씨에 촬영했

기 때문에 바닷가에서는 사람을 보지 못했는데 몸을 녹이려 카페에 들어서니 사람들이 가득했고 대부분 창밖 등대와 바다를 향해 시선을 두고 있었다. 목마는 한국인에게 매우 친숙하고 목마등대 역시 매우 자연스러운 소재로 받아들이고 있다는 생각이다. 지금도 「목마와 숙녀」는 많은 사람들의 사랑을 받고 있으며 자세한 내용은 책 『목마와 숙녀 그리고 박인환』(2017, 보고사)에서 버지니아 울프를 중심으로 다루었기 때문에 책에 넣지 못한 부분을 포함해서 간략하게 다루려 한다.

한 잔의 술을 마시고

우리는 버지니아 울프의 생애와

목마를 타고 떠난 숙녀의 옷자락을 이야기 한다

목마는 주인을 버리고 그저 방울 소리만 울리며

가을 속으로 떠났다 술병에서 별이 떨어진다

상심한 별은 내 가슴에 가볍게 부서진다

그러한 잠시 내가 알던 소녀는

정원의 초목 옆에서 자라고

문학이 죽고 인생이 죽고

사랑의 진리마저 애증의 그림자를 버릴 때

목마를 탄 사랑의 사람은 보이지 않는다

세월은 가고 오는 것

한때는 고립을 피하여 시들어 가고

이제 우리는 작별하여야 한다

술병이 바람에 쓰러지는 소리를 들으며

늙은 여류작가의 눈을 바라다보아야 한다

… 등대에 …

불이 보이지 않아도

그저 간직한 페시미즘의 미래를 위하여

우리는 처량한 목마 소리를 기억하여야 한다

모든 것이 떠나든 죽든

그저 가슴에 남은 희미한 의식을 붙잡고

우리는 버지니아 울프의 서러운 이야기를 들어야 한다

두 개의 바위틈을 지나 청춘을 찾은 뱀과 같이

눈을 뜨고 한 잔의 술을 마셔야한다

인생은 외롭지도 않고

그저 잡지의 표지처럼 통속하거늘

한탄할 그 무엇이 무서워서 우리는 떠나는 것일까

목마는 하늘에 있고

방울 소리는 귓전에 철렁거리는데

가을바람 소리는

내 쓰러진 술병 속에서 목메어 우는데

–「목마와 숙녀」 전문

시에 나오는 목마를 놓고 연상되는 소재를 꼽으라면 트로이의 목마를 빼놓을 수 없다. 트로이의 목마는 그리스와 트로이의 전쟁을 배경으로 등장하며 「목마와 숙녀」 역시 전쟁의 상처를 배경으로 한 시라는 공통점이 있지만 내용 면에서는 직접적인 연관성이 없어 트로이 전쟁의 목마를 중심으로 시를 해석하기 쉽지 않다. 하지만 박인환이 그리스 신화 속의 아킬레우스를 자신의 삶과 견주어 시에 사용한 만큼 트로이 전쟁 중 목마에서 나온 병사들이 승리에 취해 잠든 병사와 주민을 몰살시킨 후 젊은 여성들을 노예로 끌고 간 내용은 잘 알고 있었을 것이다. 전쟁의 광기가 여성과 아이들에게 미치는 참혹함은 과거나 현재에 차이가 없을 터이고, 박인환은 「목마와 숙녀」에서 그리스 신화를 접한 독자들이 트로이의 목마를 쉽게 떠올릴 것을 예상했을 수 있다.

버지니아 울프와 교감이 많았던 오빠 토비는 1차 세계대전에서 사망했고, 울프가 전쟁 반대를 주제로 쓴 소설 『3기니』에서는 스페인 내전의 비극을 주요하게 언급한다. 여성과 어린이들의 고통에 공감하는 버지니아 울프는 자신이 전쟁에서 같은 상황에 처하면 강물에 뛰어들어 자살할 것이라고 『3기니』에서 밝히고 있다. 스페인 내전은 당시 세계 각국 지식인들이 정의의 이름으로 스페인으로 속속 들어가 참전했고 울프의 조카도 참전 후 사망했다. 피카소가 그린 〈게르니카〉는 스페인 내전의 참상을 알린 유명한 작품으로 당시 사회적으로 큰 반향을 일으켰으며, 스페인 내전은 2차 세계대전으로 이어지는 세계사의 중요한 사건으로 유럽을 포함해 세계 각국의 최대 관심사였다. 헤밍웨이의 소설 『누구를 위하여 종은 울리나』에 등장하는 여주인공은 스페인 내전에서 병사들에게 겁탈을 당하고 가족을 잃은 아픔을 간직한 여인이며, 게리 쿠퍼와 잉그리드 버그만 주연의 영화로 만들어져 온 세계 사람에게 친숙하다. 박인환 역시 스페인 내전에 많은 관심을 표명했다.

「목마와 숙녀」의 주된 흐름은 '버지니아 울프'와 '나'를 중심으로 이루어졌으며, 마치 한 편의 영화처럼 표현한 시이다. '나'는 술자리에서 익명의 사람들과 인생, 문학을 이야기하며 중심 주제는 버지니아 울프의 생애와 문학이다. 술병에서 별이 떨어지는 부분은 술병에 비친 불빛이 술을 따를 때 술잔에 함께 쏟아지는 장면을 묘사했으며, 상심한 별이 내 가슴에 가볍게 부서지는 내용은 술을 마실 때 술의 독하고 시원한 기운이 퍼져가는 모습을 표현한 것이다. 전쟁의 상처로 피폐해진 사람들이 술로 아픔을 달래고 암울한 시대상황에서 불안한 미래에 대한 의견을 나누던 자리를 연상하면 이해가 쉽다. 시의 중심인물인 버지니아 울프의 자전적 소설이 바로 『등대로(To the lighthouse)』인데, 시인은 시에서 버지니아 울프의 생애를 이야기하고 늙은 여류작가의 눈을 바라보아야 한다고 말하며 바로 다음에 '등대'를 위치해 놓았다. 이는 술자리에서 앞에 앉은 불특정 독자들에게 버지니아 울프의 작품을 읽어달라고 강하게 요구하는 것이다. 그러면서 '나'와 버지니아 울프의 슬픔에 공통된 부분이 있음을 암시한다.

시는 버지니아 울프의 삶과 문학을 따라서 자연스럽게 주제를 형성하고 비밀스런 '나'의 아픔이 주제와 동화되어 회상하듯 전개되는 한 편의 영화처럼 흘러간다. '나'는 시에 반복해서 '하여야 한다'를 사용해 주제를 이탈하지 않도록 막고 있으며 마치 시나리오 작가가 연기의 방향을 지문으로 일러주듯이 똑같은 역할을 수행하고 있다. 시의 후반부에서 '두 개의 바위틈을 지나 청춘을 찾은 뱀처럼 눈을 뜨고 한 잔의 술을 마셔야 한다'는 성적인 묘사로 이해되기도 하며 시인 역시 충분히 예상하고 시를 썼다고 판단한다. 독자가 뱀을 성적인 묘사로만 생각하고 시를 이해하려고 하면 난관에 봉착한다. 뱀은 탈피동물로 허물을 벗으면서 성장하는 동물이다. 뱀이 허물을 벗는 과정은 힘이 들면서도 이미 몸에 맞지 않게 작아진 허물을 벗으면 비약적인 성장을 하게 된다. 두 개의 바위틈을 지난다는 것은 뱀이 지형지물을 이용해 빨리 허물을 벗어버리는 지혜로운 행동을 뜻한다. 따라서 두 개의 바위틈을 지나 청춘을 찾은 뱀처럼 눈을 뜨고 술을 마시자는, 즉 지혜로운 눈으로 세상을 바라보며 술자리의 대화를 나누자는 말이다. 버지니아 울프는 어린 시절 겪은 성적 학대로 정신과 치료를 받았으며 성인이 된 뒤의 결혼생활에도 영향을 미쳤다. 결국 울프는 2차 대전 중에 전쟁을 반대하는 외침을 남기고 템스강에서 투신자살로 생을 마감했다. 박인환은 시 「목마와 숙녀」 외에 버지니아 울프의 삶과 문학을 소개하는 글을 잡지에 기고했으며, 글의 말미에 버지니아 울프가 삶을 마감하는 내용 앞에 전쟁을 반대하는 외침을 담은 『3기니』를 남겼으나 결국 전쟁은 일어나고 말았다며 『3기니』의 중요성을 언급했다.

「목마와 숙녀」에 나온 눈을 뜬 뱀은 지혜를 상징하는데 시를 쓰면서 박인환은 지혜로운 특정 인물을 염두에 두었을 가능성이 있다. 그 인물은 박인환이 죽는 날까지 술을 올리고 추모시를 썼던 천재 시인 이상이다. 이상을 직접 만났던 서정주의 회고담에 눈빛이 형형했다는 표현을 반복해서 사용한 내용이 있다. 또한 이상의 글에는 일본에서 발행한 『세르팡』이라는 초현실주의 잡지를 애독했음을 보여주는 표현이 자주 나오는데 '세르팡'이 불어로 뱀을 뜻한다. 이상과 구인회 활동을 함께한 모더니즘 시인인 정지용, 김기림이 있고 이상을 기억하는 사람들이 많던 시절이니 박인환은 그에 대한 이야기를 자주 들었을 것이다. 특히 오장환이 경영하던 남만서점에는 이상이 직접 건넨 자화상이 벽에 걸려 있었으니 이상을 흠모하던 박인환에겐 나름의 인연이 많다고 볼 수 있다. 천재 시인 이상을 이야기할 때 사람들은 흔히 기생 금홍과의 기행을 떠올리며 호기심의 관점에서 바라본다. 그러나 이상의 글과 시를 읽으면 전혀 다른 면모를 확인할 수 있으며 많은 오해와 편견이 함께 자리하고 있음을 알 수 있다. 박인환은 마치 그러한 점을 꼬집는 듯 '두 개의 바위틈을 지나 청춘을 찾은 뱀처럼 눈을 뜨고'에서 성적인 측면으로는 결코 시를 전체적으로 파악할 수 없고 이면을 깊이 살펴야 이해되는 내용으로 만들었다.

이상의 시와 글도 마찬가지로 많은 공부가 있어야 이해가 가능하다. 이상은 금홍을 소재로 한 「날개」라는 작품 외에 많은 소설을 썼는데 「지주회시」라는 작품이 있다. 「지주회시」는 제목부터가 독특해 관심을 유발하는데 제목을 간단히 풀면 거미와 돼지가 만난다는 뜻이다. 소설은 카페에서 일하는 부인이 계단에서 굴러 넘어지고 '나'는 미두

취인소와 관련된 일을 하는 친구 사무실을 찾아가며 이야기가 진행된다. 미두취인소는 쌀과 콩 즉 곡물 가격을 선물로 거래하는 곳으로 요즘으로 말하면 주식시장의 파생상품을 취급하는 곳이다. 소설 「지주회시」는 세속의 부귀영화와 한 발 떨어져 살던 이상이 왜 이런 소설을 썼을까 싶게 인간의 탐욕을 주된 내용으로 다루고 있다. 박인환이 이상을 추모해 쓴 「죽은 아폴론」에 등장하는 마유미는 소설 「지주회시」의 카페에서 일하는 인물로 돈과 함께 욕망을 표현하는 중요 인물이다. 해부학 용어에 지주막이 있는데 지주막은 인간의 뇌를 둘러싼 일종의 막으로 일본식 의학용어이다. 평양의전을 다녔던 박인환에게는 낯선 단어가 아니라 익숙한 용어였을 것이다. 인간 내면의 욕망이 바깥으로 돌출되는 장면을 표현한 그림을 상상해보자. 흔히 말하는 욕망을 돼지로 상정하고 인간의 욕망이 외부로 표출되는 상황을 생각하면 뇌 안에서 만들어진 욕망이 밖으로 나오는 과정에서 지주막을 마주친 후 벗어나는 장면을 그려볼 수 있다. 「지주회시」는 인간의 욕망을 프로이트의 정신분석을 바탕으로 표현하기 위해서 소설 제목으로 해부학 용어를 사용한 것이다. 당시의 서구 문화예술은 프로이트의 정신분석학의 영향을 많이 받던 시기이다. 소설에 등장하는 '나'와 친구는 화가의 꿈을 가졌지만 지금은 붓을 접은 상태이다. 또한 이상은 건축을 전공했지만 그림과 디자인에 뛰어난 실력을 가졌으며, 초현실주의 화가 달리에게는 정신적 혈연을 느낄 정도였다는 사실을 시인 김기림이 언급했다.

이상의 「12월 12일」이라는 소설을 보면 독학으로 의학을 공부한 주인공이 등장한다. 이상은 이미 의학에도 관심이 많았던 사람이다.

「목마와 숙녀」에 페시미즘이라는 단어가 있다. 박인환은 시에 인생을 '그저 잡지의 표지처럼 통속하거늘'이라고 정의했는데 페시미즘이라는 철학 용어와 정신분석학의 맥락이 그의 인생철학과 서로 충돌한다면 페시미즘 등의 용어는 시에 멋을 부리는 하나의 장식용 개념으로 사용됐다는 비판적 주장의 근거가 될 수 있다. 필자는 첫 번째 책을 낼 때 이러한 의문을 갖고 페시미즘의 대표인 쇼펜하우어의 저서와 생애, 프로이트의 저서와 삶 등을 다룬 글을 탐독했다. 프로이트는 『정신분석 입문 강의』에서 과학적 연구로 인간의 역사에서 자존심에 두 번의 모욕을 당했다고 말했다. 첫 번째 모욕은 지구는 우주의 중심이 아니고 엄청난 크기의 우주에서 미세한 부분의 일부라는 사실을 인지했을 때였다. 두 번째 모욕은 진화론으로, 동물과 발생학적으로 동일하며 동물적인 본성을 뿌리 뽑기 어렵다는 사실을 알았을 때였다. 그리고 프로이트는 강의에서 심리학적 연구로 세 번째 모욕을 받게 된다고 말했다. 심리학적 연구는 자아가 자신의 주인이 아니고 자신의 정신생활 중에서 무의식적으로 일어나고 있는 일에서 극히 적은 정보를 제공받는다는 사실을 말하려고 한다는 것이다. 즉 인간은 이성적 존재라는 자부심에서 벗어나 무의식의 통제를 받는다는 사실을 인정해야 된다는 말이다. 프로이트는 이러한 심리학적 연구를 기반으로 밝혀진 사실에 대해서 철학자 중에 깊은 통찰로써 이미 같은 결론에 도달했던 인물로 쇼펜하우어를 꼽았다. 쇼펜하우어는 염세주의의 대표적인 철학자로서 인간은 이기적인 동물이며 국가라는 틀 안에서 법을 집행하는 권력이 없는 전쟁 상황이 벌어지면 사람들은 거리로 뛰쳐나와 약탈과 살인을 일삼는 호랑이, 늑대, 여우 등으로 변하는 짐승과 하등 다를 바 없다고 주장한다. 그러나 쇼펜하우어는 인간이 짐승과 같지 않다면서 작가나 예술가들이 예술 작품을 창작하며 느끼는 행복을 언급한다. 즉 인간은 본능적인 욕구를 추구하지 말고 명상을 통해 깨달음을 추구하고 고전 명작을 반복해서 읽으며 문화인이 되어야 한다고 말한다.

또한 프로이트는 정신분석 강의에서 인간이 리비도를* 만족시키는 가능성이 박탈되면 노이로제가 발생한다고 설명한다. 프로이트는 리비도를 만족시키는 사회적 대체물이 노이로제를 억제시키는 기능을 한다고 덧붙인다. 예를 들어 문학, 예술 등의 사회적 목표가 욕망을 대체할 수 있다는 것이다. 프로이트는 문학 등 예술에도 해박한 지식이 있어서 정신분석 강의에 문학작품과 신화 등의 내용을 자주 활용해서 이해를 돕는다. 이처럼 「목마와 숙녀」에 있는 페시미즘, 정신분석과 '잡지의 표지처럼 통속하거늘'이라는 박인환의 인생철학은 깊은 상관관계를 가지고 있어 시를 창작하기 전에 많은 공부가 있었음을 알 수

* ——— 정신 분석학에서 말하는 성적 본능이나 충동.

있다.

박인환이 한국 시단 모더니즘의 대표주자로 꼽히는 만큼 그의 시에 대한 전반적 이해가 부족한 상태에서 내려진 모더니즘 활동에 대한 기존의 평가나 오해를 새로이 정립하는 과정은 반드시 이루어질 것으로 믿는다. 박인환의 문학적 성장과정과 시에 대한 철학을 보여주는 「서적과 풍경」을 살펴보자. 필자는 「서적과 풍경」을 박인환의 대표작으로 꼽는다.

서적은 황폐한 인간의 풍경에 광채를 띠웠다.
서적은 행복과 자유와 어떤 지혜를
인간에게 알려 주었다.

지금은 살육의 시대
침해된 토지에서는 인간이 죽고
서적만이
한없는 역사를 이야기해 준다.

오래도록 사회가 성장하는 동안
활자는 기술과 행렬의 혼란을 이루었다.
바람에 퍼덕이는 여러 페이지들

그 사이에는

자유 불란서 공화국의 수립

영국의 산업혁명

F. 루즈벨트 씨의 미소와 아울러

뉴기니아와 오키나와를 거쳐

전함 미주리호에 이르는 인류의 과정이

모두 가혹한 회상을 동반하며 나타나는 것이다.

내가 옛날 위대한 반항을 기도하였을 때

서적은 백주의 장미와 같은

창연하고도 아름다운 풍경을

마음속에 그려 주었다.

                              -「서적과 풍경」부분

　「서적과 풍경」은 한국전쟁 중에 창작됐으며 일본어로 번역돼 일본 문단(1952.5.30.『詩學』)에 발표된 시이다. 주목할 점은 일본에 소개된 시에 전함 미주리호가 등장한다는 사실이다. 미주리호는 일본이 패망할 당시 일본 외무대신이 미주리호에 올라 무조건 항복서명을 했던 전함으로 역사적 상징성이 강하며 특히 당시 일본 사회에 주는 의미는 한국에서 느끼는 것과는 다른 충격파를 가지고 있다. 뉴기니아, 오키나와, 전함 미주리호는 일본과 미국의 태평양전쟁 과정을 순서대로 보여주고 있다. 일본이 하와이 진주만 폭격 이후 태평양 지역 주도권을 장악해 가다 미국의 반격이 개시되어 남태평양, 필리핀 전투에서 점차 주도권을 상실하고 1945년 봄 일본 본토 아래 오키나와섬에서 옥쇄를 각오한 전투가 벌어졌지만 결국 오키나와는 미군의 수중에 떨어진다. 이 과정에서 미군과 일본군을 포함 수많은 사상자가 발생했으며 특히 오키나와 주민 1/3이 사망하고 대만과 식민지 조선에서 끌려온 민간인 희생자도 많았으나 밝혀진 숫자는 극히 일부에 불과하다. 현재 오키나와에 조성된 평화기념공원에는 전쟁 중 희생된 사람의 이름을 조각한 추모비가 있는데 오키나와 14만 9,456명, 일본 본토 7만 7,426명, 미국 1만 4,009명, 영국 62명, 대만 34명, 한국 380명, 북한 82명 등 24만 1,468명의 전사자 이름이 각명되어 추모되고 있다. 당시 미국은 일본 군부의 생명을 도외시한 저항으로 인해 인명피해가 너무 심각하자 전쟁을 빨리 종식시킬 목적으로 원자폭탄이라는 인류사의 치명적 무기를 사용했고 결국 일본은 항복했다. 당시 일본은 일본 본토를 사수하기 위해 오키나와를 방어선으로 설정하고 오키나와 주민을 총알받이로 내몰며 전쟁 물자를 나르게 하는 등의 과정에서 오키나와 주민의 1/3이 희생된 것으로 알려져 있으며 제주도 등의 조선인도 일본과 가까운 지리적 여건 탓으로 희생이 많았다. 오키나와 주민 희생 가운데 대표적인 사건은 히메유리 학도대이다. 히메유리 학도대는 1944

년 12월 오키나와현의 오키나와 사범학교 여자부와 오키나와현립 제1 고등여학교의 교사, 학생으로 구성된 부대로 간호훈련을 위해 만들어진 일본 육군 소속 여학생 학도대이다. 이들은 미군 오키나와 상륙을 앞둔 1945년 3월 23일 15~19세 여학생 222명과 인솔교사 18명 도합 240명의 학도대로 구성돼 오키나와 육군 병원에서 간호요원으로서 복무하게 됐고 이후 전투에서 136명이 전사한다. 일본 정부는 어린 여학생들이 자원입대했으며 강요에 의한 일은 아니라고 주장하고 있다. 일본의 식민지배에서 벗어난 조선은 남북한으로 나뉘었고 이후 격동의 과정에서 오키나와처럼 제주도는 엄청난 주민의 희생이 뒤따랐다. 아마도 박인환은 제주의 아픔을 시로 표현하고 싶었을 것이지만 시대적인 여건으로 그의 시는 오키나와의 역사를 통해 제주의 아픔을 되새기게 한다. 제주4.3평화공원에는 제주도민 등의 희생을 기념하고 있어 오키나와와 제주도는 지역과 역사적 사건이 다르면서도 비슷한 아픔을 공유하고 있다.

박인환은 이러한 역사적 사건전개의 과정을 시를 통해 압축적으로 표현하고 일본 사회에 전쟁에 대한 문제의식을 제기하면서 전쟁 중인 한국에도 비참한 전쟁의 결말을 상기시키고 평화를 일깨우고 있다. 「서적과 풍경」, 「목마와 숙녀」는 박인환이 역사 속에서 일관된 평화의식을 보여주고 있으며, 그의 시 세계는 시에 써놓은 것처럼 의지를 갖고 책을 읽으며 공부를 해야만 이해할 수 있는 특성이 있다. 이처럼 부단한 노력과 공부를 통해 잡지의 표지처럼 통속한 세상을 평화로운 세계로 바꾸는 꿈을 꾸던 박인환은 역설적으로 시의 난해한 특성 때문에 그의 시 세계는 많은 사랑을 받으면서도 깊이를 제대로 평가받지 못했다.

벽

벽

박인환은 「벽」이라는 시를 썼고, 김수영에게는 「벽」이라는 수필이 있다. 공교로운 일은 김수영의 「벽」에 박인환이 언급됐다는 사실이다. 박인환의 시를 이해하는 과정에 그가 언급했던 작가의 책이나 영화를 보는 일은 종종 큰 도움이 됐기 때문에 작은 단서라도 글에 언급됐다는 이유와 막연한 추측만으로 도서관을 전전하는 일은 불가피했다. 박인환이 사르트르에 관한 글을 썼고 사르트르의 작품 중 「벽」이라는 단편소설이 있으므로 사르트르의 작품도 자연히 읽게 되었다. 단순히 제목이 같다는 이유와 박인환이 관심을 가진 작가라는 사실만을 묶어서 시를 이해하려는 시도는 한편으로 난감한 일이기도 했다. 결국 박인환, 사르트르, 김수영을 연결해서 고민하는 과정은 부족한 연결고리로 인해 보류됐다.

그러던 중 김수영과 이어령의 참여문학 논쟁에 관심을 갖던 차에 해방기 김동석과 김동리의 순수문학 논쟁에도 자연히 눈길이 갔다. 이 과정에서 김동석의 글 중 사르트르에 대한 비판 글이 있어 유심히 보던 차에 박인환의 사르트르에 대한 글과 같은 시기 동일한 잡지에 실린 사실을 발견했다. 잡지『신천지』에서 박인환이 사르트르를 소개하고 김동석이 사르트르 비판 글을 쓰는 특집기사를 기획했을 가능성이 높다고 판단하고 자료를 찾았다. 예상은 적중했다. 1948년 10월에 발간된『신천지』의 내용에 사르트르 특집기사가 있었다.

> 김동석 실존주의특집 실존주의 비판 '싸르트르'를 중심으로
> 양병식 사르트르의 사상과 그의 작품
> 박인환 싸르트르의 실존주의
> 청우 홍일 쩡 폴 사르트르 문학의 시대성 번역
> 전창식 번역 사르트르 실존주의소설 벽
> –『신천지』1946.2~1950.6 총목차 소개, 오영식『근대서지』

박인환은 1948년 4월 20일 김경린, 김경희, 김병욱, 임호권과『신시론』1집을 산호장에서 간행했다. 이후 1949년 4월 5일 김수영, 양병식이 가세하여 동인시집『새로운 도시와 시민들의 합창』을 도시문화사에서 간행한다. 잡지『신천지』는 1919년 3.1운동 이후 일본의 문화정책이 펼쳐진 시기에 만들어져 중단됐다가 해방 후에 다시 활발한 활동을 하던 영향력 있는 잡지 중 하나였다. 박인환은 1948년 1월『신

천지』에 「아메리카영화 시론」을 시작으로 2월 「인도네시아 인민에게 주는 시」를 발표하는 등 활발한 활동을 했다. 1948년 10월에 양병식이 사르트르 특집에 참여한 것으로 보아 『신시론』을 간행한 이후 양병식, 김수영이 동인에 가담하여 활동한 것으로 보인다. 즉 김수영 역시 『신천지』에 실린 사르트르 특집에 대한 내용은 당연히 알고 있었고 함께 준비하며 토론을 했을 가능성이 크다. 김수영이 쓴 「벽」에 박인환이 등장하는 사실은 우연이 아니라 오랜 시간 김수영 내면에 깊이 자리한 박인환과의 대립에서 느꼈던 감정이 긴 시간이 흐른 뒤에도 잠재된 기억으로부터 자연스럽게 표출된 것으로 보아야 한다. 먼저 박인환의 시를 소개하고 사르트르 단편소설 「벽」의 내용을 간략하게 짚어보겠다.

> 그것은 분명히 어제의 것이다
> 나와는 관련이 없는 것이다
> 우리들이 헤어질 때에
> 그것은 너무도 무정하였다.
>
> 하루 종일 나는 그것과 만난다
> 피하면 피할수록
> 더욱 접근하는 것
> 그것은 너무도 불길을 상징하고 있다

옛날 그 위에 명화가 그려졌다 하여
즐거워하던 예술가들은
모조리 죽었다.

지금 거기엔 파리와
아무도 읽지 않고
아무도 바라보지 않는
격문과 정치 포스터가 붙어 있을 뿐
나와는 아무 인연이 없다.

그것은 감성도 이성도 잃은
멸망의 그림자
그것은 문명과 진화를 장해하는
사탄의 사도
나는 그것이 보기 싫다.
그것이 밤낮으로
나를 가로막기 때문에
나는 한 점의 피도 없이
말라 버리고
여왕이 부르시는 노래와

나의 이름도 듣지 못한다.

사르트르의 「벽」은 1937년 처음 발표됐으며 스페인 내전을 배경으로 한 단편소설이다. 소설은 다음날 처형을 기다리는 파블로 이비에타, 톰 슈타인복, 후안 미르발 3인과 이들을 관찰하는 의사가 주요 등장인물이며 밤부터 아침까지의 시간에 벌어지는 인간 내면의 흐름과 아침에 벌어진 반전과 같은 하나의 사건으로 이루어졌다. 후안이라는 소년은 공화파 전사인 형 때문에 잡혀와 억울한 죽임을 당할 처지의 인물이며, 파블로와 톰은 죽음 앞에서 의연하려고 노력하지만 추운 겨울 날씨에 얇은 옷만 걸친 상태에서도 땀을 흘리고 심지어 톰은 바지에 오줌을 지리고도 인식하지 못하는 죽음을 목전에 둔 긴장상태를 보여준다. 파블로 역시 심리적으로는 평온하려고 노력하지만 땀으로 옷이 흠뻑 젖고 얼굴이 흙빛으로 변한 톰의 모습을 보며 거울처럼 투영된 자신의 모습을 느낀다. 의사는 투옥된 세 명의 신체변화를 관찰하고 수첩에 기록하며 이들과 대화를 이어가는 인물이다. 톰은 파블로에게 내일 집행될 총살에서 자신은 벽에 세워져 여러 명의 군인이 총을 겨누는 상황에서 총구가 선명하며 몸은 반사적으로 뒤로 물러나 벽을 뚫고 나갈 듯 애를 써보지만 벽은 꼼짝 않고 버티고 있다는 죽음 앞 최후의 실존 상황을 실감나게 이야기한다. 결국 새벽이 밝아와 톰과 후안은 처형되고 파블로는 장교에게 마지막 회유를 받는다. 파블로는 자신의 삶을 도모하기 위해 친구를 배신하지 않지만 마지막으로 심문자들을 골탕 먹일 생각에 엉뚱한 장소를 일러주며 허탕이 확실한 수색을 하게 만든다. 하지만 우연하게도 친구가 그곳에서 붙잡히고 파블로가 처형을 면하면서 반전이 일어나 당혹감을 느끼는 장면을 끝으로 소설은 마무리된다.

　박인환, 양병식 등의 글이 『신천지』에 실린 1948년 상황은 소설 「벽」의 배경인 스페인 내전 상황과 크게 다르지 않았다. 남한만의 단독선거를 반대하는 과정에서 제주4.3, 여순사건이(10월) 일어나 전투가 벌어지고 엄청난 인명피해가 났으며 전국적인 검거선풍이 불던 해였다. 당시 함께 동인활동을 한 김병욱의 1948년 발표 시에도 사회적 분위기가 잘 나타나 있다.

　　　　나는 아츰 마다 창문에서 도망하였다
　　　　청년들은 사회주의 속에서 무성하였고
　　　　그때 피살被殺이 한참 꽃밭이였다
　　　　내 목숨을 겨누는 폭력 앞으로
　　　　모-든 벽이 좋아 왔다
　　　　그중 나는 콩쿠리-트의 그림자를 사랑한다

　　　　　　　　　　　　　　　　　　　-「회화繪畵」 부분

신시론 동인들은 그들이 발표할 내용을 주제로 토론하며 종종 술자리의 대화까지 이어졌을 것이다. 박인환과 김수영이 언제부터 의견이 맞섰는지 알지 못하지만 만나면 항상 대립각을 세웠다는 증언이 많으니 미루어 짐작할 수 있다. 둘이 맞서면 항상 입을 먼저 다문 쪽은 김수영이었다지만 김수영이 논리에 패했다고 생각하는 사람은 없었다. 김수영은 박인환이 망우리에 묻히고 10년 뒤 「벽」이라는 글을 통해 다시 박인환의 기억을 끄집어냈다. 김수영은 글 앞에서 부인과의 벽을 이야기하고 그 벽을 뛰어넘기 위해 자식을 돌아보며 노력하는 애틋한 모습을 이야기한다. 두 번째로 박인환을 언급하면서 이야기를 이어가는데 김수영이 벽이라는 주제로 글을 쓰며 부인과 박인환을 소재로 택한 것에 주목할 필요가 있다. 특히나 「벽」에서 박인환은 수영에게 부부간의 관계에서 실을 매단 성냥갑을 예로 들며 자식의 의미를 되새기는 이야기를 한다. 김수영이 부인과 고난의 시대를 보내면서 애증이 교차했지만 지난날의 아픔을 극복하고 오늘을 살아가듯이 글의 흐름상 박인환과의 벽도 극복의 대상으로 인식했다고 보아야 한다. 김수영이 박인환에 대해 트집을 잡고 비난을 했더라도 그 배경을 이해하고 본다면 원문 그대로의 해석과는 많은 차이가 있을 것이다.

박인환의 「벽」을 읽으며 떠올랐던 이미지는 서독과 동독이 베를린 장벽을 걷어내고 통일을 이루던 장면이다. 독일 국민들이 베를린 장벽을 허물고 깨트려서 벽 조각들을 기념으로 간직하고 예술품으로 만들

어 감상을 서로 나누던 모습을 떠올리면서 일제의 탄압으로부터 벗어
난 사람들은 어떤 벽을 허물고 싶었을까 생각했다. 그리고 남과 북으
로 나뉘어 전쟁을 치르던 시절에 박인환은 어떤 벽을 보고 있었을까?
명화가 그려졌다 하여 즐거워하던 예술가들이 서있던 벽은 어느 곳일
까? 먼저 서대문 형무소가 떠올랐다.

일본으로부터 해방이 됐을 때 사람들은 가장 먼저 감옥에 있던 독립
군을 꺼내 기쁨을 함께 나누고 싶었을 것이다. 서대문형무소는 조선인
을 철저히 탄압하던 상징과도 같았던 곳이니 담장을 허물어 부수고 그

서대문형무소역사관의 벽

들을 가두고 고문했던 자들을 심판하는 일은 당연한 일이기도 하다. 해방 후 그렇게 되어가던 때가 잠시 있었고 헤어졌던 그리운 사람들을 만나는 즐거운 순간도 있었지만 아쉽게도 희망에 부풀던 시간은 그리 길지 않았다.

1908년 조선통감부는 의병을 탄압할 목적으로 경성감옥을 만들었고 여기에서 의병장 허위가 제1호 사형수로 희생됐다. 1923년 마포에 만들어진 감옥이 경성감옥으로 이름 붙고 이전의 경성감옥은 서대문형무소란 이름으로 개칭돼 한국 현대사에서 악명을 떨쳤으며 지금은 서대문형무소역사관으로 우리 곁에 남아있다. 잠시 풀려났던 독립군 중 많은 사람들은 일제강점기에 그들을 체포하고 고문했던 자들의 손에 다시 붙들려 해방된 조국이라 믿었던 땅에서 서대문형무소의 벽에 갇혔다. 한국전쟁 중에는 서울이 교차로 점령되면서 서대문형무소를 거친 죽음과 절망은 우리가 다 헤아리지 못한다. 전쟁이 끝난 후에도 평화통일을 주장하던 사람은 빨갱이로 몰려 서대문형무소에서 사형을 당했고 이후로도 많은 지식인과 학생들은 삶과 젊음을 그곳에 바쳐야 했다. 박인환은 분단시대의 벽을 보고 절망했고, 벗어나고 싶었으나 시대가 허락하지 않았다. 세월은 무심히 흘러가지만 그가 꾸었던 꿈과 희망은 꺼지지 않았고 그의 문학과 예술 속에서 여전히 우리와 함께 살고 있다.

죽은 아폴론

죽은 아폴론

- 이상을 추모하며 생의 마지막을 맞이한
박인환 시인에게 바친다.

박인환은 천재 시인 이상을 기리며
「죽은 아폴론」이라는 추모시를 남겼다. 「죽은 아폴론」은 1956년 3월
17일 『한국일보』에 발표됐고 박인환은 이상을 추모한다며 연속으로
술자리를 갖다 삼 일 뒤인 3월 20일 사망한다. 그는 이상을 좋아해 피
란지 부산에서 이화여전 학생들과 문인이 함께하는 '이상 추모의 밤'
행사를 주최했으니 좋아한 정도를 짐작할 수 있다. 이상이 신문 『조선
중앙』에 난해한 시 「오감도」를 연재하여 세간의 화제를 불러일으키다
거센 항의에 직면해 결국 연재를 중단한 일은 너무도 유명해서 굳이
설명을 덧붙일 필요가 없을 것이다. 시가 난해한 탓에 접근이 쉽지 않
지만 국문학 연구에서 이상에 관한 논문은 수를 헤아리기 어려울 정도
로 많고 지금도 그의 시를 수학, 과학, 디자인, 건축학적 관점으로 풀
어낸 글이 꾸준히 발표되고 있다.

필자는 박인환 시를 연구하는 과정에 그와 관계있는 시인의 전집과 평전을 읽는 것을 기본 과정으로 삼았다. 특히 오장환, 이상, 정지용, 김기림, 김광균, 김수영 등은 틈나는 대로 읽었다. 이분들의 시와 글을 읽어본 독자는 알겠지만 대체로 전문적인 지식 없이는 읽기 힘든 시와 글이 많다. 특히나 이상에 관해서는 평전마저도 어렵다. 대개 평전은 작가의 삶을 기록과 증언을 토대로 재구성하기 때문에 작가의 난해한 작품과 통일성을 가질 이유는 없다. 그런데 이상을 연구하는 사람들은 주문에 걸린 것처럼 다들 난해한 글을 쏟아낸다. 이상을 연구하는 사람 입장에선 불가피한 일이라는 생각도 든다. 이상의 짧은 삶을 뒷받침할 기록은 적고 그와 활동을 같이하고 가까웠던 구인회 동인들이 분단과 전쟁으로 인해 사라져 증언을 들을 기회도 없으니 부족한 부분은 이상의 작품을 통해서 채워야만 한다. 필자의 이상 연구 동기는 박인환이 이상을 좋아했던 이유가 궁금했고, 박인환이 이상의 시에 대해서도 짧은 평을 남겼으니 난해한 시를 이해했다는 생각이었다. 박인환의 시를 연구하면서 알아낸 특성은 비록 어려운 시지만 하나의 흐름을 가지고 있으며 맥락을 이해하면 기호처럼 느껴지고, 생뚱맞고 동떨어져 보이는 언어들이 유기적으로 잘 들어맞아 의미를 갖고 있다는 사실이다. 문득 박인환의 시가 이상의 시와 유사한 면이 있으면서 난해한 기호와 언어를 조금 더 시적인 모습으로 가다듬었을 가능성이 있다는 생각을 했다. 이런 가정을 전제로 이상의 시 중에서 무언가 느낌이 오는 시들을 골라냈다. 박인환이 이상의 시를 이해한 사람이라는 것을 증명하고 싶은 마음이 많았던 탓에 시간이 걸려도 지치지 않았고 번번이 실패했지만 다양한 시도를 하면서 조금씩 얻는 것이 있었다.

이상의 「선에관한각서1」(1931 발표)이라는 시에는 빛의 속도를 적어놓고 사람이 빛의 속도를 넘는 발명을 못 한다는 법이 없어서 두 배, 십 배, 백 배, 천 배.....를 넘으면 태초의 빛을 쫓아갈 수 있으니 우주의 기원을 볼 수도 있다는 내용이 있다. 이는 이상이 아인슈타인의 상대성이론과 초창기 빅뱅이론 등에 이해도가 높았다는 증거이다. 우주가 팽창하고 있다는 이론은 1927년 벨기에의 천문학자이며 사제였던 조지 르메트르(Georges Lemaître)가 최초로 제안했고, 허블이 우주에서 오는 빛의 적색편이를 관찰해 우주팽창론의 첫 관측 증거를 1929년 발표했다. 1931년 9월에 발표한 「선에관한각서5」에서는 빛을 언급하며 "확대하는 우주를 우려하는 자여, 과거에 살으라, 광선보다도 빠르게 미래로 달아나라"고 말하고 있다. 과학에 관심이 없는 사람은 모르겠지만 스티븐 호킹, 칼 세이건, 아이작 아시모프 등이 쓴 과학교양서를 읽던 사람이 시를 보면 의미를 대략 짐작할 수 있다. 이상의 시는 이해 불가능한 것이 아니라 난해하게 쓰인 배경과 목적이 있다고 보아야 한다. 이상은 시에서 과학과 현대문명을 자주 언급하는데 강대국 일본의 지배를 벗어나려면 조선의 청년들이 빨리 배워서 따라가 힘을 길러야 한다는 당시 지식인들과 시대정신을 같이한다는 의미이다. 먼저 이상의 시 「건축무한육면각체 AU MAGASIN DE NOUVEAUTES」
와 「이상한 가역반응」 두 편을 살펴보자.

「건축무한육면각체」는 'AU MAGASIN DE NOUVEAUTES'를 포함
한 7수의 시로 이루어져 있으며, 이상은 1932년 7월 『조선과 건축』에
일어로 된 연작시 「건축무한육면각체^{建築無限六面角體}」를 발표했다. AU
MAGASIN DE NOUVEAUTES는 불어이며, 그 사전적 의미는 '새로
운 문물이 전시된 상점'이니 지금의 백화점으로 이해된다. 이 시에 대
한 많은 연구논문은 경성 미쓰코시 백화점의 현대적인 최신 상품과 엘
리베이터, 에스컬레이터 등을 소재로 시를 만들었다는 것에 대체로 공
감하고 있다. 그러나 이상이 어떤 목적으로 미쓰코시 백화점을 찾아
갔으며, 그 상황이 어떻게 전개되었는지에 대해 연구한 논문은 찾기
어렵다. 방문 목적에 따라서 시에 대한 해석이 달라질 수 있으므로 이
시에 대한 이해와 분석을 하는 연구자들에게 방문 목적은 중요한 요
소이다.

미쓰코시 백화점은 도쿄 본점을 비롯해 일본 전역에 있었으니 이상
이 일본을 여행할 때 들렀던 감상을 기록한 것이라는 주장도 있다. 이
는 백화점 방문이 일본 여행 일정 중 하나로 관광 목적이라는 주장이
며 시의 해석은 당연히 일본 관광을 염두에 두고 진행될 것이다. 관광
이 아닌 다른 시각으로 해석하자면 시의 '반복되는 사각형과 원운동,
대각선 방향으로 추진하는 막대한 중량'의 내용은 공학적으로 서로 의

미의 연계성을 가지며 이상의 직업과 관련된 중요한 내용이다. 따라서 조선총독부 건축기사 신분인 이상이 시설점검 목적으로 경성의 미쓰코시 백화점을 방문했다고 가정할 수 있다. 그렇다면 시의 배경은 경성의 미쓰코시 백화점으로 특정되며 도쿄와 경성의 장소에 대한 논란은 불필요하게 된다. 기계장치에 대한 언급이 있다는 것만을 근거로 시설점검 목적으로 백화점을 방문했다는 주장도 무리가 있으니, 비록 가설을 세우고 분석하더라도 시의 해석은 서로 맥락이 닿아야 할 것이다. 필자는 1932년 이상이 조선총독부 건축기사로 근무하던 시기에 동행이 있는 상태로 미쓰코시 백화점을 방문한 목적과 연계하여 상징적으로 묘사된 시어들을 분석했으며, 그 결과 시에 대한 이해의 폭이 넓어졌다. 동행이 있다는 내용도 시를 분석하는 과정에서 설명이 가능하므로 시의 전문을 살펴보는 것을 시작으로 설명을 이어간다.

四角形의內部의四角形의內部의四角形의內部의四角形 의 內部의 四角形.

四角이난圓運動의四角이난圓運動 의四角 이 난 圓.

비누가通過하는血管의비눗내를透視하는사람.

地球를模型으로만들어진地球儀를模型으로만들어진地球

去勢된洋襪.(그女人의이름은워어즈였다)

貧血면포, 당신의얼굴빛깔도참새다리같습네다.

平行四邊形對角線方向을推進하는莫大한重量.

마루세이유의봄을解纜한코티의香水의마지한東洋의가을.

快晴의空中에鵬遊하는Z伯號. 蛔蟲良藥이라고쓰어져있다.

屋上庭園. 猿猴를흉내내이고있는마드무아젤.

彎曲된直線을直線으로疾走하는落體公式.

時計文字盤에XII에내리워진二個의侵水된黃昏[*]

* ——— 『이상문학전집』(김주현 주해)에서 '一個'는 오식이며 '二個'로 바로잡고 있다.

도아-의內部의도아-의內部의鳥籠의內部의카나리야의內部의嵌殺門戶의內部의인사.

食堂의門깐에方今到達한雌雄과같은朋友가헤여진다.

검은잉크가엎질러진角雪糖이三輪車에積荷된다.

名啣을짓밟는軍用長靴. 街衢를疾驅하 는 造 花 金 蓮.

위에서내려오고밑에서올라가고위에서내려오고밑에서올라간사람은밑에서올라가지아니한위에서내려오지아니한밑에서올라가지아니한위에서내려오지아니한사람.

저여자의下半은저남자의上半에恰似하다.(나는哀憐한邂逅에哀憐하는나)

四角이난케-스가걷기始作이다.(소름끼치는일이다)

---

* ──── 『이상문학전집』(김주현 주해)에서 '파랑잉크'는 잘못 해석으로 '검은잉크'로 바로잡고 있다.

라지에-타의近傍에서昇天하는굳빠이.

바깥은雨中. 發光魚類의群集移動.

　시가 난해한 관계로 첫 구절부터 차례로 해석하지 않고, 이상이 움
직인 동선을 따라가며 방문 목적과 연관된 시어를 먼저 골라냈다. 시
를 보면 이상은 백화점에 들어선 후 옥상정원, 식당(4층), 라디에이터
근방(1층), 마지막으로 비 내리는 시내라는 동선으로 이동하고 있다.
시의 후반부에서 이상이 라디에이터 근방에서 '승천昇天하는 굿바이'
로 표현한 부분은 일행과 헤어지는 상황을 표현한 것으로 보이며, 헤
어지는 상황이 기분 좋은 것으로 해석할 수 있다. 만남이 이루어진 장
소는 식당(4층)으로 추정한다. 옥상정원으로 올라간 부분에서 '시계문
자반時計文字盤 XII에 내리워진 두 개의 침수侵水된 황혼黃昏'은 약속시
간이 12시이며 이상을 포함한 2인은 당일의 약속이 부담스러운 일정
이어서 침수된 황혼처럼 힘든 상황을 표현한 것으로 가정하니, 라디에
이터 근방의 헤어지는 기쁨은 시의 흐름상 처음 설정한 가설에 부합했
다. 식당에서 각설탕이 차례로 삼륜차에 투하되는 장면을 세 잔의 커
피에 설탕을 넣는 과정으로 이해하면 이상 일행과 만난 사람은 군용장
화를 신은 일본군 장교이며 테이블에 모두 3인이 앉아 있는 것이다. 이
상의 일행 2인과 일본군 장교를 포함한 3인의 만남이 경성 미쓰코시

백화점 4층 식당에서 12시에 있었다는 상황을 설정하고 시의 중요한 부분을 차례로 살펴보겠다.

'4각四角이 난 케―스가 걷기 시작始作이다'는 엘리베이터가 아래로 내려가는 상황을 묘사했다고 생각한다. 공학을 전공한 김지우 학생이 제1저자로 참여한 「근대 사회와 그 속의 자기 자신을 진단하는 지식인-연작시 '건축무한육면각체' 중 'AU MAGASIN DE NOUVEAUTES'를 중심으로」(교신 저자: 기초교육학부 이수정 교수) 논문은 사각이 난 케이스를 엘리베이터로 설명하고 있다.

시의 내용에 보면 초창기 엘리베이터를 이용하던 사람들의 감상을 표현한 대목이 있다. '사각四角이 난 케―스가 걷기 시작始作이다'는 엘리베이터가 아래로 내려갈 때면 순간적으로 바닥이 없어져 떨어지는 느낌이 발생하는데 엘리베이터에 익숙하지 않던 시대라 엘리베이터가 하강하는 순간을 끔찍한 일이라고 표현했다는 생각이다. '위에서 내려오고 밑에서 올라가고…' 부분은 엘리베이터 앞에서 대기하는 과정에 엘리베이터가 교차하는 과정이나 에스컬레이터의 움직임 등과 연계한 해석이 가능하다. 오르내리는 운행상태와 시승 느낌까지 표현한 엘리베이터는 시의 흐름에서 매우 중요한 의미를 담고 있다. 경성 미쓰코시 백화점이 개장한 1930년은 미국의 뉴욕 맨해튼에서 102층의 엠파이어스테이트 빌딩이 건축 중에 있었다. 경성고등공업학교 건축과를 졸업하고 1929년 조선총독부 건축과 기수로 사회의 첫발을 내디딘 이

오티스사 상징 마크

1926년 설치된 오티스 엘리베이터 영상 중,
엘리베이터 조작레버

상은 이 사실을 잘 알고 있었을 것이다. 경성 미쓰코시 백화점에 설치
된 두 대의 엘리베이터는 엠파이어스테이트 빌딩에 설치된 엘리베이
터와 동일한 회사인 미국의 오티스사 제품이다. 고층빌딩의 역사는 엘
리베이터의 발명과 함께 시작되었다. 엘리베이터가 없다면 고층빌딩
을 걸어서 오르내려야 하니 무작정 건물의 높이를 올릴 수 없는 것이
다. 이상이 건축학을 공부하는 과정에서 엘리베이터의 역사와 원리는
중요한 내용이었을 것이고, 102층의 초고층 빌딩의 핵심 시설 중 하
나인 엘리베이터는 끊임없이 진보하는 첨단 기술의 상징으로 비쳐졌
을 것이다. 엠파이어스테이트 빌딩에서 주목할 점은 혁신적인 철골구
조의 공법으로 1929년 공사를 시작해서 1년을 조금 넘겨 1931년 개
장했다는 사실이며, 이는 당시 엄청난 사건이었다. 참고로 엠파이어
스테이트 빌딩과 비슷한 높이로 약간 앞선 시기에 만들어진 크라이슬
러 빌딩은 4년이 넘는 건축기간이 소요됐다. 시의 내용 중 '地球를 模

型으로만들어진地球儀를模型으로만들어진地球' 부분은 당시 전 세계에 엘리베이터를 판매하던 오티스사의 상징마크와 동일한 묘사이다. 현재 오티스사의 상징마크는 바뀌었지만 오티스사 100년을 기념해 만든 기념책자에 나온 상징마크는 경위도가 표시된 지구본 모양을 평면적으로 디자인한 형상을 사용했다. 1926년 설치된 오티스 엘리베이터 작동 영상을 보면 내부 좌측 벽 중간 부위에 엘리베이터를 작동시키는 계기반이 있다. 엘리베이터 작동 방식은 현재와는 전혀 다르고 영어로 설명된 여러 개의 스위치와 회전레버가 있어서 엘리베이터 작동을 전담하는 사람이 배치됐을 것으로 생각되며, 빈혈貧血면포 묘사가 나오는 하얀 분을 두껍게 바른 여성이 작동요원이었을 것으로 추정된다. 이상은 미쓰코시 백화점 엘리베이터 안에서 오티스사 지구 모양의 상징물을 보며 조선을 지배하는 일본을 넘어 서구 현대문명의 엄청난 진보를 생각한 것이다. 엠파이어스테이트 빌딩이 들어선 뉴욕 맨해튼은 아메리칸 드림을 꿈꾸며 세계의 이주민이 몰려들던 곳이다. 맨해튼은 섬의 특성상 공간 확대에 대한 한계점이 있으나 그 한계를 고층빌딩 건설로 극복해가는 과정에 있었으며, 세계 최고층 건물이라는 타이틀을 가진 엠파이어스테이트 빌딩 전망대는 뉴욕 관광에서 빼놓을 수 없는 중요한 장소가 됐고 당시 신혼여행객들이 많이 찾았다고 한다. 비행기가 대중화되기 이전 여객선이 중요 운송수단 중 하나였던 시대에 바다 건너 뉴욕으로 오던 사람들이 육지 가까이 오면 엠파이어스테이트 빌딩이 맨 먼저 보이기 시작했다는 증언이 있을 정도이니 세계 최고층 빌딩은 이상뿐만 아니라 오랜 시간 세계인의 관심사였다.

옥상정원에 올라간 부분에서 '만곡彎曲된 직선直線을 직선으로 질주疾走하는 낙체공식落體公式'은 아주 높은 곳에 위치한 인간의 시선을 설명하고 있다. 엠파이어스테이트 빌딩 전망대에서 멀리 수평선을 보고 있다는 상상을 해보자. 우리가 보는 수평선은 직선으로 보이지만 지구는 둥글어서 만곡된 직선이며 멀리 보이는 눈높이의 수평선도 실제로는 아래를 보고 있지만 우리가 착시현상으로 눈높이처럼 느끼는 것이다. 당시 이상은 아시아 변방에 위치한 조선의 도시 경성에서 비록 점령국 일본의 기술로 만든 4층 건물 옥상이지만 세계로 눈을 넓히며 미래를 생각하는 꿈 많은 청년이었음을 시로 표현하고 있다.

시의 앞부분 '거세去勢된양말洋襪'은 백화점에 진열된 스타킹으로 해석되지만 당시 조선의 모습을 이상이 어떻게 느끼고 있는가를 상징적으로 보여준다. 조선의 전통 양말은 버선이며 버선에는 버선코가 있는데 코가 잘린 모습의 버선을 거세됐다고 표현했다. 이는 봉건시대 조선에서 상투를 틀던 성인 남성의 상징이 단발령으로 잘리게 됐던 모습을 동시에 연상시킨다. 500년 조선을 지배하던 사대부 세력은 상투가 잘리고 버선코도 거세된 힘없는 무리가 됐다. 이상은 식민지 조선에서는 많이 배우고 똑똑한 지식인이지만 오늘 총독부 하급관리의 위치에서 일본군 장교를 만나러 간 것이다.

엘리베이터 문의 개폐 작동장치

　'사각형^{四角形}의내부^{內部}의四角形의內部의四角形의內部의…'부분은
사각형 케이스인 엘리베이터, 엘리베이터가 움직이는 사각형 통로, 통
로를 둘러싼 사각형의 벽, 사각형의 건물 등을 역으로 표현했다고 생
각할 수 있다. '사각이 난 원운동의 사각이 난 원운동의…' 엘리베이
터가 오르내리고 엘리베이터의 문이 열리는 것은 승객이 보기에는 모
두 직선운동으로 보인다. 그러나 그림에서 보는 바와 같이 엘리베이터
를 작동시키는 기계장치는 회전운동이며, 회전운동을 축으로 한 피스
톤 운동이 변환되어 엘리베이터의 직선운동으로 나타나는 것이다. 이
상은 「건축무한육면각체」 외에 과학이론과 연관해서 광선의 속도 등
을 언급하며 우주가 확장하는 빅뱅이론의 초기 이론을 묘사한 시도 썼

음을 상기하면 독자에게 과학 원리에 대한 관심을 촉구하고 있음을 알 수 있다. '平行四邊形對角線方向을推進하는莫大한重量'은 대각선 방향으로 움직이는 에스컬레이터의 움직임을 표현했다고 볼 수도 있고, 이를 근거로 엘리베이터보다는 에스컬레이터를 중심에 두고 설명하는 연구도 있다. 굳이 반박할 내용은 아니다. 다만 백화점에 엘리베이터와 에스컬레이터가 같이 설치된 상태였기 때문에 두 기계장치에 대한 표현이 혼재돼 표현될 수는 있겠으나 주된 표현은 엘리베이터에 있다고 생각한다.

엘리베이터의 설명을 마치고 백화점 내부의 풍경을 당시의 시대적 배경과 함께 살펴보겠다. '마루세이유의봄을해람解纜한코티의향수香水, 공중空中에붕유鵬遊하는Z백호伯號'는 백화점 내부의 풍경을 묘사한 부분이다. '회충양약蛔蟲良藥이라고쓰어져있다'에서 당시 미쓰코시 백화점 1층에 양약국이 입점한 상태였기 때문에 이상이 본 백화점 1층의 풍경으로 이해된다. 백화점과는 동떨어져 보일 수 있는 소재이지만 Z伯號는 비행선을 의미한다. 당시 백화점은 상품을 판매하는 상점의 역할뿐만 아니라 새로운 과학문명의 첨단 기술을 선보이는 장소이기도 했다. 경성의 미쓰코시 백화점은 일상적인 판매활동 외에 전시 및 박람회를 개최했다. 노혜경의 「일본 백화점계의 조선 진출과 경영전략」 이라는 논문에 보면 다음 내용의 전람회가 경성 미쓰코시 백화점에서 개최됐다.

육군 신병기 전람회 1932. 3

경성의 어제와 오늘 전람회 1932. 8

이토 히로부미 공 유묵 유품 전람회 1932. 10

조선인삼에 관한 전람회 1933. 3

전기는 나아가고 전파는 뛰어간다 전람회 1933. 5

위의 내용처럼 이상이 미쓰코시 백화점을 방문했던 시기에도 다양한 영역의 전람회 등이 개최되고 있었다. 백화점이라는 것이 처음부터 박람회 등을 개최한 것은 아니며, 이는 백화점의 역사에서 중요한 계기가 있다. 시의 불어 제목을 이해하는 데 중요한 내용이기 때문에 간략히 설명한다.

미국 출신의 백화점 사업가 해리 고든 셀프리지는 영국으로 건너가 1909년 영국 런던의 옥스포드가에 셀프리지 백화점을 개장한다. 셀프리지 백화점은 새로운 광고, 영업 전략을 가지고 개장했으며 개장한 날로부터 백화점으로 호기심에 찬 엄청난 인파가 몰려들었으나 구경꾼

셀프리지 백화점에 전시된 비행기

이 모두 고객으로 전환되지는 않았다. 당시 영국 런던의 백화점은 상류층이 물건을 구매하는 곳이었으며 하층민이 이용하는 매장은 따로 있고 소매점이 사회 계층별로 구분돼 존재했다. 셀프리지는 백화점을 모든 계층이 이용하는 장소로 만들고 싶어 했고 주 고객층을 여성으로 상정했다. 기존의 영국 백화점 경영전략과 확연히 구분된 전략을 세웠던 셀프리지는 프랑스 비행사 루이 블레리오가 1909년 7월 25일 영국 해협 횡단에 성공하자 그 비행기를 가져와 셀프리지 백화점에서 전시 행사를 갖는다. 전략은 성공해 백화점은 문전성시를 이루게 된다. 이후 텔레비전 등 새로운 문물을 소개할 때는 백화점에서 언론사와 대중을 모아 공개행사를 갖는 등의 새로운 전통을 만들게 된다. 셀프리지는 백화점 1층에 화장품과 향수를 전시해서 냄새를 맡고 발라보는 등의 친화적인 디스플레이와 여성의 활동성을 높이도록 스커트의 길이를 줄이는 패션스타일을 선도하며 패션쇼를 여는 등 여성을 대상으로 하는 문화마케팅에도 공을 들였다. 이후 영국에서 여성참정권운동이 일어나 여성시위대가 런던 시내의 공공기관을 포함해 건물의 유리창을 모두 부수는 등의 과격한 양상을 보일 때도 셀프리지 백화점은 무사했다고 전해진다. 셀프리지 백화점은 단순히 상품판매에 머무르지 않고 새로운 문물의 소개와 문화마케팅을 통해 성공했으며 현대의 백화점 경영전략을 확립했다는 평가를 받는다. 셀프리지 백화점의 경영전략은 당시 백화점 업계가 모두 벤치마킹했으며 미쓰코시 백화점의 모습 역시 그에 부합한다. 당시 TV도 없고 신문의 인쇄상태가 조악한 현실에서 백화점에 광고 목적으로 전시된 비행기 모형이나 갤러리에서 보는 사진은 지금과는 다르게 커다란 영향력을 가졌을 것이다. 노혜경의 「일본 백화점계의 조선 진출과 경영전략」이라는 논문에서 경성의 미쓰코시 백화점 매출은 도쿄 본점 다음으로 높아서 미쓰코시 계열 2위를 기록했다고 한다. 경성점이 4층 건물로 지하매장 포함 연면적 2,300평이었으며, 일본 오사카점은 8층 건물 연면적 6,600평이었으나 경성점이 매출에서 앞섰다고 하니 당시 경성점은 조선에서 사회, 문화, 경제적 관점에서 큰 의미가 있었을 것이다.

글의 앞에서 이상이 미쓰코시 백화점을 방문한 목적에 대해서 세웠던 가설을 시의 내용과 함께 다시 살펴보겠다. 시를 보면 이상 일행은 옥상정원에서 4층 식당으로 이동한다. 이길훈의 「미쓰코시 백화점의 설립과 경성 진출」이라는 논문에 따르면 지하 1층은 restaurant, 4층은 dining room, 옥상정원은 음료를 파는 곳이 있어서 만남의 장소로 활용될 수 있는 곳이 모두 3개이다. 백화점 전체적인 구조와 위치를 보면 4층 식당은 그중에서 정찬을 하는 고급스러운 장소로 생각된다. '검정잉크가엎질러진각설탕角雪糖이삼륜차三輪車에적하積荷된다'는 구절은 상당히 난해한 내용이다. 책 『커피컬쳐』(최승일 저)에 '카페 로얄'이라는 나폴레옹이 즐겨 마신 커피 제조법이 소개돼 있다. 카페 로얄은 커피에 설탕을 첨가하는 방법으로 스푼 위에 각설탕을 얹고 브랜디(독

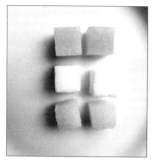

한 술의 일종)를 설탕에 흘린 뒤 불을 붙여 녹은 설탕이 커피 잔으로 떨어지게 하는 방법으로 제조한다. 『커피컬쳐』의 카페 로얄 제조법에 브랜디와 압생트가 같이 언급돼 있다. 브랜디는 통상 갈색이며 브랜디를 각설탕에 얹으면 흑설탕처럼 갈색으로 변한다. 압생트는 브랜디보다 훨씬 알코올 함량이 높은 술로 녹색, 푸른색 계열이며, 특히 화가 고흐가 즐겼던 술로 유명하다. 이상 일행이 식사를 마친 후, 백화점 식당에서 바리스타가 디저트 음료로 커피를 제공하는 과정에서 서양의 고급

커피문화를 체험하는 퍼포먼스를 진행한 것이다. 이상은 바리스타가 스푼 위 각설탕에 독한 술을 부은 다음, 불을 붙여 녹은 설탕을 커피 잔에 차례로 떨어뜨리면서 카페 로얄을 만드는 과정에서 테이블 위에 모아진 커피 잔 3개를 삼륜차로 묘사한 것이다.

'시계문자반 XII아래 두 개의 침수된 영혼'은 조선총독부 산하 건축과의 관리로 근무하는 이상과 그의 상사를 상징하는 것으로 추정된다. 1930년 이상이 연재한 소설 「십이월십이일」에 세 번에 걸쳐 의주통 공사장에서 쓴 글이라고 밝힌 사실을 보면 현장 파견업무도 많았던 것으로 추정된다. 이상이 1929년 근무를 시작했으니 식민지라는 위상에서 이상의 직위를 감안하면 조선총독부 건축과 상급자와 함께 일본 군부에서 발주한 공사와 관련된 일로 군부의 담당 장교와의 약속 장소에 왔다는 추정이 가능하다. 이상 일행의 백화점 방문은 시가 발표된 1932년 7월 이전의 사건이니 당시의 시대적 상황을 보면, 일본은 1931년에 만주사변을 일으켜 만주를 점령하고 1932년 3월 만주국을 세웠다. 당시 조선은 일본의 대륙 진출 및 확장을 위한 교통망의 확대와 보급처의 역할을 수행하기 위해 많은 공사가 있던 시기이고 조선총독부는 이를 총괄하던 중추기관이다. 1932년 5월 15일에는 일본 제국 해군 내 극우 청년 장교를 중심으로 이누카이 쓰요시(犬養毅) 수상을 암살하는 소위 5.15사건이 일어났다. 당시 일본은 정치권이 일본 군부를 통제하기 어려워 만주사변을 군부가 독자적으로 벌이고 정치

권이 이를 사후 승인하는 등 군부는 위험한 야망을 숨기지 않던 시기이다. '명함^{名啣}을짓밟는군용장화^{軍用長靴}'라고 하는 내용은 이상이 총독부 건축과 상사를 수행해 일본 군부의 건설 분야 책임자와 만났고 공사현장을 지휘하는 건축전문가의 설명이나 기술적 어려움을 토로하는 것은 일본군 장교의 강압과 명령 앞에서 아무런 의미가 없었음을 압축적으로 표현한다. '가구^{街衢}를질구^{疾驅}하 는 조^造 화^花 금^金 련^蓮'은 자동차가 거리를 질주하는 모습을 설명한 것이다. '조화금련^{造花金蓮}'은 풀이하면 인공으로 만든 금속 연꽃을 말하는데 사진에서 보는 것처럼 연꽃 문양과 자동차 바퀴의 모습이 유사함을 확인할 수 있다. 이상이 졸업한 보성고보는 1924년 재단법인 조선 불교 중앙교무원으로 설립자가 바뀌었다. 이상의 다른 시에서도 불교의 역사적 사건과 맥락에서 보아야만 이해가 되는 내용이 나온다. 사진에서 보는 것처럼 불교의 그림에는 연꽃을 밟고 세상에 내려온 관음보살이나 수레바퀴 문양

을 발바닥에 가진 부처님의 모습을 표현한 그림이 많다. '가구街衢를질구疾驅하는 조造 화花 금金 련蓮은' 이상이 식당 창을 통해서 거리를 질주하는 자동차를 바라보는 장면을 묘사한 대목이며 과학의 발달은 과거 종교적인 신화에서 볼 수 있는 기적과 같은 일을 가능하게 하지만 인류를 평안하게 만들기보다 혜택이 소수에 집중되고 약소국에 파괴적인 모습을 보이는 것에 대한 안타까운 시선을 표현한 대목으로 보인다. 이상의 상사가 장교에게 면박을 당

마곡사 대웅전 백의관음보살

하는 상황에서 동병상련의 이상은 창밖으로 시선을 돌린 답답한 내면 상태를 표현한 해석이 가능하다. 건설 책임자인 상사와 이상은 공사현장에서 경성으로 불려왔고, 이상 일행은 오늘의 상황을 이미 예견하고 있었다. 옥상정원에서 식당으로 왔을 때 경성에서 일본 군부의 장교를 수행하고 온 총독부 건축과 동료가 있었으며 그는 처음 만나는 이들의 만남을 안내한 후 밖으로 나간 것으로 추정이 가능하다. 자웅雌雄과

같은 표현이 나오는 것으로 보아 안내하고 간 사람은 이상과 매우 친한 조선인일 가능성도 있다. 도쿄의 미쓰코시 백화점은 유럽에서 왕이나 귀족들이 사용하는 고급 가구를 가져오거나 비슷한 실내 분위기를 만들어 일본인들이 유럽의 고급문화를 간접체험하게 만드는 방식으로 인기를 끌었다고 하며 경성의 백화점 식당도 같은 방식으로 운영됐을 것이므로 일반인은 쉽게 이용하기 어려운 장소로 추정된다. 그날 약속된 일정은 일본 군부가 발주한 공사와 관련해 일본군 장교로부터 고급스런 자리를 통해 중요한 역할을 수행하고 있다는 겉치레의 격려가 있지만 결국엔 무리한 요구와 질책을 받는 부담스러운 자리였던 만큼 상당히 긴 시간 대화를 나눴다는 추정이 가능하다. 약속시간은 12시이고 이상을 포함한 세 사람은 식사와 차를 마시며 대화를 나눴고 검정 잉크가 엎질러진 각설탕의 묘사에서 1930년대 초반은 볼펜이 없던 시절이라 기록을 하는 사람은 잉크를 항상 가지고 다녀야 했으니 이상은 잉크병과 펜을 사용하는 기록자의 역할을 맡는 상황에서 술을 이용해 커피를 만드는 모습을 보고 잉크를 쉽게 연상했을 것이다. 기록이 필요한 공식적인 자리였다는 추정 또한 가능하다. 마지막의 '바깥은우중雨中. 발광어류發光魚類의군집이동群集移動'은 빗속에서 라이트를 켠 전차, 버스, 자동차 등을 타고 사람들이 이동하는 모습을 표현한 것에 대다수 연구자들의 생각이 일치한다. 이상은 거리에 비가 내리는 상황에서 자동차가 라이트를 켜고 다녀야 되는 정도의 시간대에 밖으로 나왔

다는 의미이다. 물론 이상의 감정을 날씨와 연계시켜 표현했을 가능성
도 충분하다.

시의 전체적인 내용을 정리하면, 이상은 경성 미쓰코시 백화점에 설
치된 오티스사의 엘리베이터를 보면서 1년 여의 짧은 기간에 102층
높이의 초고층 빌딩을 건축하는 현대과학의 진보를 직시한다. 백화점
에는 서구문명의 새로운 상품들이 다양하게 진열되어 있지만 이상은
거세된 양말을 주시한다. 그것을 통해 나라를 잃고 낙후된 조선의 현
실을 표현한다. 옥상정원 원후를 흉내 내는 마드무와젤은 백화점 내의
마네킹에 입혀진 옷이나 패션스타일을 따라하는 사람을 가리키는 내
용이니 아직은 서양의 모습을 흉내 내는 정도로 일본의 수준을 묘사한
장면으로 생각된다. 이상은 군용 장화에 짓밟힌 명함을 통해서 일본이
군사력을 앞세운 나라로 진정한 학문과 과학의 발달을 추구하는 문명
국은 아니라는 것을 간접적으로 표현하고 있다. 이상은 서구의 발달된
과학문명을 빨리 습득하면 비록 식민지 조선이지만 아직 높은 수준까
지 오르지 못한 일본을 따라잡을 수 있다는 희망을 가지고 있기 때문
에 시에 과학기술과 관련된 표현이 많다고 생각한다.

시에 표현된 내용을 따라 해석하면 위의 내용으로 요약되지만 한 가
지 궁금증이 생긴다. 헌병 장교에게 질책받은 내용은 무엇일까? 상징
적인 언어로 자신의 생각을 표현하는 것에 뛰어난 이상이 전체적인 줄
거리를 만들어 놓고서 이상 일행과 헌병 장교와의 중요한 대화 주제를

빠트렸다고 생각하는 것도 조금 이상했다. 전체적으로 시를 조금 멀찌 감치 바라보면 지구본 모형, 높은 곳에서 보는 만곡된 직선 등은 둥근 지구를 표현하고 있다. 건축기사인 이상은 지도를 사용하는 일이 많은 데 구형인 지구와 이를 표현한 평면의 지도에는 일정한 왜곡이 발생한 다. 예를 들어 비행기 항로를 보면 곡선으로 돼있으며 둥근 지구 위를 날아서 이동하는 최단거리는 직선이 아니라 곡선이 될 수밖에 없는 것 이다. 면적이 작은 나라와 큰 나라는 계절과 시간에서의 개념 등에서 차이가 오는 것은 불가피하다. 일본은 한반도를 병합하고 1910년부터 토지조사사업을 시행했는데 이 과정에서 수많은 조선왕조와 개인의 땅을 수탈했으며 측량의 기준점은 일본 도쿄에서 시작했다. 이후 만 주국을 세우고 중국에 대한 야심이 본격화되면서 철도와 도로 확장이 절실했을 것이다. 일본 정부는 일본과 조선을 동경 135도를 기준으로 30분 정도 차이의 시간을 통일시켰지만 만주국과는 다시 1시간의 시 차가 발생하는 먼 곳이다. 주요 운송수단인 열차는 통상 국경을 넘는 경우 국가별로 시간의 차이가 발생하기 때문에 여기에 대한 인식과 조 정이 필수적이다. 영국의 그리니치 천문대를 기준으로 날짜변경선을 만들고 시간을 통일시킨 이유를 생각하면 쉽다. 일본 군부의 입장에서 는 만주, 조선이 다른 나라라는 생각이 없었을 터이니 아마 실무를 맡 은 군인들에겐 혼선이 많았을 것으로 짐작된다. 1937년 일본이 결국 만주국의 시간을 일본의 기준 시간으로 통일시킨 것을 보면 미루어 짐작할 수 있다. 작은 예로 열차선로의 경우 유럽의 열차 폭보다 일본의 폭이 좁은 관계로 여기에 따른 선로의 연결 등에 고려사항이 많았을 것이다. 즉 단순히 평면지도 상에서 선을 긋는 개념으로는 철로와 도로를 만들거나 연결시킬 수 없는 것이다. 시에 반복적으로 커다란 지구를 암시하고 시간에 의미를 담아 12시에 감정을 이입시킨 이유는 일본 군부를 대표하는 헌병 장교가 과학과 기술의 통합적 이해가 부족한 상태에서 명령과 겁박으로만 일을 처리하려는 좁은 시각을 가지고 있음을 알고 있기 때문에 시의 중간 중간에 이를 표현했다고 생각한다.

필자가 빛과 시간에 대한 궁금함에 빠져 스티븐 호킹의 책을 반복해 읽으면서 수년간 함께 읽은 책들이 있다. 이상은 과학이 진보한 시대의 필자가 과학이론을 포함한 다양한 책을 읽어서 얻은 빛과 시간에 대한 지식보다 훨씬 깊은 통찰력을 가지고 시 「삼차각설계도」를 만들었다고 생각한다. 인력거가 시내의 중요 교통수단의 하나인 시대에 살던 사람이 과학이론이 하나씩 증명되고 통합적 체계를 이루어가는 과정 중 서구의 과학자들이 과

스티븐 호킹의 책 등

학과 철학적 주제를 묶어 연구한 책을 내기도 전에 어떻게 시에 압축적으로 이처럼 표현했는지 필자는 이상에 대한 경이로움을 느꼈다.

「이상한 가역반응」

임의의반경의 圓(과거분사의 時勢)

원내의일점과원외의일점을결부한직선

이종류의존재의시간적경향성
(우리들은이것에관하여무관심하다)

直線은圓을殺害하였는가

현미경
그밑에있어서는인공도자연과다름없이현상되었다.
　　X
같은날의오후
물론태양이존재하여있지아니하면아니될處所에존재하여
있었을뿐만 아니라

그렇게하지아니하면아니될步調를미화하는일까지도하지
아니하고있었다.

발달하지도아니하고발전하지도아니하고
이것은憤怒이다.

鐵柵밖의백대리석건축물이웅장하게 서있던
眞眞5"의角바아의나열에서
육체에대한처분을센티멘탈리즘하였다.

목적이있지아니하였더니만큼冷靜하였다.

태양이땀에젖은잔등을내려쬐었을 때
그림자는잔등前方에있었다.

사람은말하였다.
「저변비증환자는부자집으로식염을얻으려들어가고자희
망하고 있는 것이다」
라고
…………

「이상한 가역반응」은 1931년 7월 『조선과 건축』에 일본어로 발표됐다. 필자는 우선 이 시를 해석한 다양한 논문과 책을 살펴보았다. 해석은 수학, 디자인, 심리학 등 다양한 관점이 존재했다. 여러 해석 중에서 김민수의 『이상 평전』에 관심이 갔고 이를 기준으로 이해를 넓혀갈 수 있었다. 먼저 이상 연구자들의 연구를 종합해서 알기 쉽게 정리해 그림으로 만들었으니 함께 보면 이해가 쉽다. 시는 전반부보다 후반부를 먼저 살펴보는 것이 편하다.

철책 밖의 웅장한 흰 대리석 건축물은 조선총독부 건물이다. 하얀 대리석 건축물인 조선총독부를 철책이 둘러싸고 있지만 이상이 살던 시기는 총독부가 조선을 지배하고 있기 때문에 철책이 우리를 둘러싸고 있고 조선총독부 건물이 밖에 있다고 표현했다. 태양이 존재하면 아니 될 처소에 존재하고 있는 것은 총독부 건물의 일장기를 연상하면 쉽다. 존재하면 아니 될 처소에 그렇게 하지 아니하면 아니 될.... 이 말을 따라가서 긍정인지 부정인지 머리 아프게 생각할 필요 없다. 일본어로 발표한 시를 일본 사람이 쉽게 이해해버리면 아니 되는 것이다. 이상은 지금 조선총독부 건물을 앞에 두고 서있다. 태양은 등 뒤에 있어 등에 땀이 나고 그림자는 전방에 있다. 진짜 태양이 뒤에 있고 가짜 태양이 전방 총독부 건물 위에 떠있다는 뜻이다. 조선에 있으면 안 되는 가짜 태양이 우리 앞에 있다고 천명하는 말을 차마 못 하고 난해한 시로나마 밝히고 있다. 시를 발표할 당시 이상은 서울 공과대학의 전

신인 경성고공 건축과를 우수한 성적으로 졸업해 조선총독부 건축기
사로 근무하고 있었다. 이상은 당시 조선총독부에 출근하는 일이 마음
이 편치 않아서 총독부 건물을 앞에 두고 변비증 환자처럼 엉거주춤한
자세로 땀을 삐질삐질 흘리고 있는 모양으로 표현했다. 식염(소금)은
영어로 돈을 의미하니 부잣집에 빌붙어 영화를 누려보겠다는, 즉 일
부 조선인에게 친일파의 모습으로 비쳐지고 있는 자신의 현실을 표현
한다. 여기까지가 기존의 연구를 통합해 하나의 장면으로 설명한 것이
다. 땀에 젖은 잔등 부분을 이상이 기생 출신인 금홍과 동거한 사실 등
과 연결 지어 성행위가 있었다고 가정하는 해석도 있으나 시가 난해하
고 이상의 기행이 많아 나타난 현상으로 이해된다.

　　진진5"의 각 바의 나열은 특정 방향의 위치를 말하고 있으나 너무 막연해서 알아내기가 쉽지 않았다. 먼저 진진5"의 각은 360도를 12등분해서 5분 단위로 나누어진 원형시계를 생각하면 쉽다. 5"(초)는 시계에서 5초가 지난 분량의 분침이 틀어진 각을 생각하면 된다. 즉 기준점에서 아주 멀리 떨어진 곳은 1m, 5m, 100m의 거리가 생기는 각이나 가까운 곳에서는 거의 동일한 선상에 위치한 장소를 말한다. 즉 비슷한 위도에 있다고 추정되는 제한된 정보로 위치를 특정하려니 너무 막연했다. 필자 역시 일부러 위치를 기록한 장소가 중요한 의미를 가졌다고 생각해 대한민국 지도에서 시작해 일본, 중국을 포함해 살펴보려니 과연 어디를 봐야 하나 한숨부터 나왔고 마음속에서는 일찍 포기했었다. 그러던 어느 날 전철을 타고 가다 섬광처럼 하나의 장소가 떠올랐다. 필자는 평소 1시간 이상의 대중교통을 이용할 때는 항상 가방에

1930년대 조선총독부, 서대문형무소 지도

박인환, 이상의 시집이나 에세이집을 넣고 다니며 읽고 생각하는 습관이 있다. 어려운 시가 한두 번 읽는다고 이해되는 것은 아니니 스트레스 없이 내키는 대로 펼쳐 읽다가 뭔가 떠오르면 스마트폰으로 검색하고 확인한다. 이 과정에서 위치가 떠오른 것이다. 힌트는 '육체에 대한 처분'에 있었다. 조선총독부 앞에서 육체에 대한 처분을 한다면 일제강점기 독립운동을 탄압하던 장소인 서대문형무소를 지칭한다고 생각해 인터넷으로 광화문과 서대문형무소의 위치를 확인하는 순간 심장이 뛰었다. 이상은 「추등잡문」이라는 수필에서 건축과 재학시절 견학활동으로 학생들과 몇 차례 형무소를 방문한 사실이 있다고 밝혔고 글에서는 마포의 형무소를 갔을 때의 감상을 적어놓았다. 「추등잡문」에 있는 형무소 견학에 대한 글을 읽어보면 '목적이 있지 아니하였던만큼 냉정하였다'는 문장과도 맞아 떨어지듯 냉정한 관찰자의 시점으로 기록했다. 지도에서 확인할 수 있듯이 멀리 떨어진 서대문형무소는 동일 선상에서 조선총독부와 길 하나를 사이에 두고 위치한다. 경성의 형무소에 수감된 대부분의 사람들이 조선 사람이고 많은 독립운동가가 수감돼 있다는 사실을 이상이 모르지 않았을 것이다. 이상은 일본이 힘으로 육체는 가둘 수 있으나 정신까지 강제할 수는 없기에 서대문형무소를 육체에 대한 처분을 하는 곳으로 규정했다.

「이상한 가역반응」 전반부의 '직선은 원을 살해하였는가'에 대해서 『이상 평전』의 김민수는 디자인적인 관점에서 설명하고 있다. 필자는

주 단위	
각도 형식	도/분/초
각도 정밀도	0d00' 00,000000"
소수 구분 ...	,
치수 머리말	
치수 꼬리말	
선행 0 억제	아니오
후행 0 억제	아니오
공차	
공차 표시	없음
공차 정밀도	0

진진5"의 각은 위의 그림에 있는 도/분/초의 계측 방식으로 환산하면 5/3600도의 값이다. 1920~30년대의 건축사가 5초의 미세한 각을 지도 또는 도면상에서 측정하려고 하면 책상 위에서 각도기를 비롯한 통상적인 계측기를 가지고 가능한 일인가라는 의구심이 든다. 물론 현대의 컴퓨터 프로그램을 활용하면 평면지도에 둥그런 지구의 곡률을 보정하면서도 짧은 시간에 가능한 일이다. 아마도 이상은 5"의 값을 수학적으로 계산해서 얻었다고 생각한다.

현대의 지도상에서 프로그램을 이용해서 얻은 8"의 각은 곡률보정을 하지 않았다. 1930년 조선총독부의 경계와 서대문형무소의 경계를 현대의 지도상에서 어느 위치로 잡아야 옳은지도 모르는 상태에서 광화문과 서대문형무소역사관의 임의의 점을 잡아 계측한 값을 가지고 증명을 했다고 주장하는 것은 큰 의미를 부여하기 어려운 까닭이다. 정확한 방법은 당시의 지도와 측량방법을 가지고 얻는 수학적인 계산이라고 생각한다. 이는 전문가가 만드는 논문 형태로 다루어질 영역에 해당하기 때문에 앞으로 다른 누군가의 노력에 의해 증명이 이루어질 것으로 믿으며 독자에게 양해를 구한다.

두 개의 다른 관점에서 이해하고 있다. 첫째는, 과거에 형성된 하나의 이념 또는 자아를 원으로 가정하고 나아가 일본에 나라를 빼앗긴 조선왕조 지배계급의 봉건이념과 사고체계로 생각해보자. 시의 다음 행에서 이상은 당시 대부분의 사람들은 보지도 못했을 현미경을 등장시켜 인공과 자연을 언급한다. 이상은 기존의 낡은 고정관념을 깨트리는 것이 중요하다고 본 것이다. 과학적 사고체계가 이제부터 과학적으로 사고하자고 하면 생겨나는 것도 아니고, 과학의 원리를 깨우치려고 공부를 시작했다고 빨리 깨우쳐지는 것은 아니기에 끊임없이 노력해야만 하는 사실을 곳곳에서 말하고 있다. 이상의 작품 역시 공부하지 않고 기존의 관념으로는 도저히 해석할 수 없는 형식을 취하고 있다.

조선의 지식계에 큰 영향을 끼친 『아큐정전』, 『광인일기』를 쓴 중국의 작가 루쉰은 일본이 중국을 침략해 들어오는 상황에서 중국 민중의 무지를 깨우치려고 노력했다. 루쉰은 친구와의 대화형식으로 중국의 난관을 극복하기 위해 지식인이 해야 하는 고통스러운 사명을 언급한다. "가령 쇠로 된 방이 하나 있다고 하세. 거기에는 창문도 없고 또 절대로 부숴버릴 수도 없는 그런 방이야. 그 속에는 많은 사람이 깊이 잠들어 있지. 그러니 머지않아 모두 죽을 판이야. 하지만 혼수상태에 빠져 곧장 죽음에 이르기 때문에 어떠한 고통도 느끼지 않는다고 치세. 그런데 자네가 마구 소리쳐 아직도 약간 의식이 맑아 있던 몇 사람을 놀래 깨우게 함으로써 불행한 그 몇몇 사람들에게 도저히 구원받을 수 없는 임종의 고통을 맛보게 한다면 과연 자네가 그들에게 잘한 것이라고 여길 수 있겠나?" 루쉰이 친구에게 던진 질문이다. 즉 알을 깨고 나오는 고통이 필요하며 줄탁동시라는 사자성어와 같은 맥락으로 이해하면 쉽다.

두 번째로, 동그란 원은 일본을 상징하는 일장기이다. 동그라미 안의 점과 바깥의 점을 잇는 직선이 일본을 살해했는가, 라고 이해하면 된다. 바깥에 있는 점은 이상으로 이해되며 원 안의 점은 일본인으로 추정할 수 있다. 평화를 추구하는 이상처럼 일본인으로서 일본 내에서 활동하는 문인을 추정할 수 있는데 '과거분사'가 언급된 점으로 보아 이상보다는 조금 앞선 세대에 활동한 사람으로 이해된다. 「이상한 가역반응」에서 원안의 점을 바깥의 점과 잇는 직선으로 표현했는데 이는 원안의 점이 바깥의 점에 영향을 끼친 하나의 반응을 설명한다. 즉 반응은 원 안에서 바깥으로, 바깥에서 안으로 일어나는 가역반응이다. 활동한 시대가 다르고 지금은 없는 과거의 일본 문인이 꿈꿔온 평화가 자국민과 조선인에게 영향을 미치고, 조선의 문인이 다시 일본인에게 인류애적인 사랑을 전해 군국주의를 무너뜨리는 이상한 가역반응을 말하는 것이다. 비가역반응이라면 쌍방향 반응이 일어나지 않지만 가역

---

* ——— 줄(哗)과 탁(啄)이 동시에 이루어진다. 병아리가 알에서 나오기 위해서는 새끼와 어미 닭이 안팎에서 서로 쪼아야 한다는 뜻으로, 가장 이상적인 사제지간을 비유하거나, 서로 합심하여 일이 잘 이루어지는 것을 비유하는 말이다.

반응이기 때문에 국가와 시기가 달라도 주고받는 영향력이 가능하다.

이상의 소설 「종생기」의 등장인물인 36세에 자살한 어느 천재는 일본의 문인 아쿠타가와 류노스케로 추정되는데 주로 인간의 부조리함을 꼬집는 글과 사회주의에 경도된 작품을 쓴 것으로 알려진 인물이다. 어찌 보면 두 사람은 한국 문단의 이상문학상과 비견되는 일본의 아쿠타가와문학상이 있는 묘한 관계의 문인들이다. 아쿠타가와 류노스케가 관동대지진 초기에 자경단으로 조선인 학살에 관여했다는 사실도 있어서 그에 적합한 인물인가 등의 의문은 있다. 다만 이상의 글에 언급된 인물 중 원 안의 일점에 가장 근접한 문인이 아쿠타가와 류노스케이다. 이상은 일본과 조선이 지배와 피지배 관계에 있으면서도 이를 거부하는 원 안의 점과 바깥의 점이 서로 영향을 미치는 이상한 가역반응을 통해 해방을 꿈꾸었으나 그러한 꿈을 이루지 못하고 요절하는 안타까움을 「종생기」에 표현했다고 생각한다.

설명한 두 번째의 견해는 필자의 친구 견해인데, 예술을 사랑해 특히 직업 외적인 시간에 성악을 공부하며 바쁜 와중에도 시 「이상한 가역반응」을 너무 좋아해서 자주 읽으며 느낀 점을 이야기했다. 필자는 이상을 연구하면서 몇 편의 시를 친구들에게 해설했는데 대부분 집에 돌아가 다시 곱씹고 난 후에 그들의 생각을 전해주었다. 그중에서 예술적 감성이 뛰어난 친구가 밤새 고민했다며 들려준 견해는 무언가 막연하고 미심쩍었던 부분을 걷어주는 느낌이 들었다. 필자가 처음 생각했던 첫 번째 견해보다 두 번째 견해에 더 마음이 간다.

「이상한 가역반응」말미의 소금을 얻는다는 표현은 생계를 위해 금전을 얻는다는 내용으로도 이해가 가능하지만 이상이 조선총독부에 있으면서 서구의 최신 학문과 과학적 연구를 쉽게 접하며 공부할 수 있는 여건을 소금으로 표현했다는 생각이다.

죽은 아폴론

이상^{추모} 그가 떠난 날에

오늘은 삼월 열이렛날
그래서 나는 망각의 술을 마셔야 한다.
여급 '마유미'가 없어도
오후 세 시 이십오 분에는
벗들과 '제비'의 이야기를 하여야 한다.

그날 당신은
동경제국대학 부속병원에서
천당과 지옥의 접경으로 여행을 하고
허망한 서울의 하늘에는 비가 내렸다.

운명이여
얼마나 애태운 날이냐
권태와 인간의 날개
당신은 싸늘한 지하에 있으면서도
성좌를 간직하고 있다.

정신의 수렵을 위해 죽은
랭보와도 같이
당신은 나에게
환상과 흥분과
열병과 착각을 알려 주고
그 빈사의 구렁텅이에서
우리 문학에
따뜻한 손을 빌려 준
정신의 황제.

무한한 수면睡眠
반역과 영광
임종의 눈물을 흘리며 결코
당신은 하나의 증명을 가지고 있었다
이상이라고.

꼬리글

우연한 계기로 박인환의 시와 삶을 따라 여행을 시작해 십여 년의 시간이 흘렀고 세 권의 책이 만들어졌다. 「목마와 숙녀」 하나만을 이해할 목적으로 내딛은 걸음이었으나 첫 번째 책을 출간하면서 머릿속에는 두 번째 책의 윤곽이 그려졌다. 두 번째 책을 쓸 때는 마음에 조바심이 많았다. 박인환 자신의 내면을 시에서만 솔직히 표현하고 일찍 세상과 작별한 탓에 시작은 오해였을지라도 세월이 지나며 부풀어지고 굳어져 박인환과 동인에 대한 오해가 화석처럼 돼가는 모습을 지켜보는 일이 고통스러웠기 때문이다. 문학과 동떨어진 직업을 가진 필자로서는 두 번째 책을 출간하고 충분한 휴식을 취할 필요가 있었지만 마음을 다스리는 일이 쉽지 않았다. 『박인환, 나의 생애에 흐르는 시간들』의 내용은 박인환이 작가로서 활발히 활동하던 시점을 다루고 있으나 박인환 사후에 빚어진 문학적 논쟁이나 아직 다루지 못한 이야기들이 세상 밖으로 나가겠다고 필자의 마음속에서 요동쳤다.

두 번째 책을 쓰면서 중요하게 생각했던 문제는 1949년 박인환과 함께 체포된 5명의 기자들이 남로당원이라는 혐의가 있었기 때문에 공범으로 연결돼 이들 중 한 사람의 수사기록만 보아도 당시 사건의 실체를 파악할 가능성이 높다고 판단했다. 다만 재판기록 등 중요한 개인정보에 접근할 어떤 방법도 갖지 못한 필자로서는 로스쿨 대학원 교수, 국사편찬위원회 위원, 국가보안법 관련 단체를 통해 최대한 정보를 얻으려 했으며 개인적인 친분을 떠나 약간의 무례를 감수하고 제발 사건을 한 번만 살펴달라고 떼를 쓰기도 했다. 그중 한 로스쿨 교수님이 알아보시고 극히 제한된 연구목적으로만 열람이 가능하다며 도움을 주지 못해서 미안하다는 답변을 주었다. 부족한 설명은 필연적으로 새로운 반론을 만들고 문제를 원점으로 되돌릴 수 있기 때문에 추론보다는 근거를 찾아야 했고 그 과정은 모르던 세상을 알아가는 공부이면서 한편으로 세상사를 잊게도 만들었다.

『박인환, 미스터 모의 생과 사』는 박인환의 시를 중심으로 사후 세상 사람들의 관심사와 김수영, 이상 시인 중심으로 썼다. 다만 박인환 연구자로서 김수영, 이상 시인에 대해서 박인환과 관련된 내용을 벗어나서는 부족함이 많아 조심스러운 마음도 있다. 필자는 이상 시인을 공부하면서 특이한 경험을 했다. 이상에 몰입하면 할수록 스스로 통제가 어려웠고 글을 쓸 수도 없으면서 이상을 놓고 떠날 수도 없는 무엇엔가 갇혀 꼼짝도 못 하는 고통의 상태로 땀 흘리며 지쳐만 갔다. 가까스로 세 편의 시에 눈을 떠서 그중 「이상한 가역반응」, 「건축무한육면각체」를 내용으로 '죽은 아폴론' 편을 완성했다. 나머지 「且8氏의出發」의 내용은 가닥을 잡았으면서도 필자가 역사, 종교, 일본어 등에 대해 부족함이 많아 발표하기에는 부족함이 있다. 날개의 "박제가 된 천재를 아시오?"이 문장은 이상의 삶과 고통을 함축한다고 생각하며 '죽은 아폴론'이 이상의 시와 글을 읽는 독자들에게 조금이나마 도움이 됐으면 한다.

김수영 시인과의 이야기는 두 번째 책에 넣고 싶었으나 『박인환, 나의 생애에 흐르는 시간들』 구성상 주제가 어울리지 않는다는 생각에 뒤로 미루게 됐고 결국 세 번째 책이 나오게 됐다. 〈센티멘탈 저니〉가 영화제목일 수 있다는 가정은 했었으나 영화의 내용을 모르는 상태에서 시의 제목이 영화와 관련이 있다는 단정을 내리기 어려웠다. 다행히 IT산업과 온라인의 발달로 과거 연구자들은 국내에서 찾기가 거의 불가능에 가까웠던 자료이지만 검색 기능을 통해 외국 사이트에서 어렵게 영화를 찾았다. 과거의 연구자들이 내린 결론은 현실적으로 만나기 어려운 자료 때문에 부득이 추론을 통해 도달한 결과로 오해는 불가피했다는 생각이다.

가벼운 마음으로 시작한 일이 십 년이 지나고 본업을 접다시피 만들 줄은 예상 못 했다. 몇 년 전부터 '박인환 오페라'를 만드는 준비를 하고 있는데 박인환을 좋아하는 사람들이 모여서 오페라 공연도 보고 책도 함께 읽으면서 정기적인 모임을 갖고 있다. 오페라 모임은 박인환과 친구 이진섭이 '세월이 가면' 명곡을 남겼듯이 다양한 장르를 통해서 박인환을 세계에 알리고 싶은 포부를 가진 사람들의 공간이다. 박인환이 품었던 꿈은 시대의 억압에 질식됐지만 그의 시를 읽는 사람들에 의해 꿈이 되살아나 문학과 예술이 함께 하는 '천만이 미소 짓는' 세상을 만들어 갈 것이다. 🐾

참고문헌

- 간호배, 『한국 모더니즘 시의 미학성』, 채륜, 2010.
- 강계순, 『아! 박인환 사랑의 진실마저도 애증의 그림자를 버릴 때』, 문학예술사, 1983.
- 강준만, 『한국 현대사 산책 1940년대 편(전2권)』(8.15해방에서 6.25 전야까지), 인물과사상사, 2011.
- 권영민 엮음, 『정지용 전집 1 시』, 민음사, 2016.
- 권영민 엮음, 『정지용 전집 2 산문』, 민음사, 2016.
- 권영민, 「오감도의 탄생」, 태학사 2014
- 권현주, 「오든그룹과 카프−사회주의사상을 중심으로」, 『영어영문학연구』 제40권 4호. 2014겨울.
- 근대서지학회, 『근대서지』, 소명출판.
- 김경린, 『알기 쉬운 포스트모더니즘과 그 주변 이야기』, 문학사상사, 1994.
- 김광균 지음, 오영식·유성호 엮음, 『김광균 문학전집』, 소명출판, 2014.
- 김광주·이봉구·박연희, 『울창한 한국문학 80년의 숲』(한국문학전집 14), 삼성출판사, 1885.
- 김규동, 『나는 시인이다』, 바이북스, 2011.
- 김기림, 『김기림전집 1 시』, 심설당, 1988.
- 김기림, 『김기림전집 5 소설 희곡 수필』, 심설당, 1988.
- 김기림, 『김기림 선집』, 깊은샘, 1988.
- 김남석 외 편, 『한국 언론산업의 역사와 구조』, 연암사, 1996.
- 김다언, 『목마와 숙녀, 그리고 박인환』, 보고사, 2017.
- 김동석, 『김동석평론집』, 서음출판사, 1989.
- 김동훈·허경진·허휘훈 편, 『김조규·윤동주·리욱』(중국조선민족문학대계 6), 보고사, 2006.
- 김동훈·허경진·허휘훈 편, 『김학철·김광주 외』(중국조선민족문학대계 13), 보고사, 2007.
- 김민수, 『이상평전』, 그린비출판사, 2012.
- 김병익, 『한국 문단사: 1908~1970』, 문학과지성사, 2001.
- 金祥道, 「6·무렵 毛允淑의 美人計조직 「낙랑클럽」에 대한 美軍방첩대 수사 보고서」, 『월간중앙』, 1995년 2월호.

- 김수영, 『김수영전집 1 시』, 민음사, 1981.
- 김수영, 『김수영전집 2 산문』, 민음사, 1981.
- 김유중, 『한국모더니즘 문학과 그 주변』, 푸른사상사, 2006.
- 김지우·이수정, 「근대사회와 그 속의 자신을 진단하는 지식인-AU MAGASIN DE NOUVEAUTES를 중심으로」, 한국시학연구, 2019.
- 김학동 엮음, 『오장환 전집』, 국학자료원, 1987.
- 김학동, 『오장환평전』, 새문사, 2004.
- 김학동, 『정지용연구』, 민음사, 1987.
- 김학은, 『이상의 시 괴델의 수』, 보고사, 2014.
- 노혜경, 「일본 백화점계의 조선 진출과 경영전략」, 『경영사학』 제32집 제2호, 2017.
- 단테 알리기에리 지음, 박상진 옮김, 윌리엄 블레이크 그림, 『신곡 연옥편 : 단테 알리기에리의 코메디아』, 민음사, 2007.
- 돈 애즈 지음, 엄미정 옮김, 『살바도르 달리』, 시공사, 2014.
- 로버트 네이선 지음, 이덕희 옮김, 『제니의 초상』, 문예출판사, 1981.
- 루쉰 지음, 정석원 옮김, 『아Q정전·광인일기』, 문예출판사, 2001.
- 맹문재 엮음, 『김규동 깊이 읽기』, 푸른사상사, 2012.
- 맹문재, 「김병욱의 시에 나타난 세계 인식 고찰」, 『한국문학이론과 비평』 제60집 17권 3호, 2013.
- 맹문재, 『박인환 깊이 읽기』, 서정시학, 2006.
- 박기원, 『하늘이 우리를 갈라놓을지라도』, 학원사, 1983.
- 박영호, 『원효의 세계관으로 읽은 〈오감도〉: 이상 시 연구』, 다래헌, 2016.
- 박인환 지음, 맹문재 엮음, 『박인환 전집』, 실천문학, 2008.
- 박인환 지음, 민윤기 엮음, 『박인환 숯 시집 검은 준열의 시대』, 스타북스, 2016.
- 박인환 지음, 엄동섭·염철 엮음, 『박인환 문학전집 1 시』, 소명출판, 2015.
- 박인환, 『박인환 전집』, 문학세계사, 1986.

- 박현수, 『한국 모더니즘 시학』, 신구문화사, 2007.
- 발터 아벤트로트 지음, 이안희 옮김, 『쇼펜하우어』, 한길사, 1998.
- 버지니아 울프 지음, 이미애 옮김, 『등대로』, 민음사, 2014.
- 버지니아 울프 지음, 태혜숙 옮김, 『3기니』, 이후, 2007.
- 보들레르 지음, 윤영애 옮김, 『악의 꽃』, 문학과지성사, 2003.
- 살바도르 달리 지음, 최지영 옮김, 『달리 나는 천재다』, 다빈치, 2004.
- 서정주, 『미당 서정주 전집 7』, 은행나무, 2016.
- 송건호 외, 『해방전후사의 인식 1』, 한길사, 2004.
- 쇼펜하우어 지음, 김재혁 옮김, 『쇼펜하우어 인생론』, 육문사, 2012.
- 신경림, 『신경림의 시인을 찾아서』, 우리교육, 1988.
- 아르튀르 랭보 지음, 이준오 옮김, 『랭보시선』, 책세상, 1990.
- 아쿠타가와 류노스케 지음, 김동근 옮김, 『나생문』, 소와다리, 2016.
- 안도섭, 『명동시대』, 글누림출판사, 2011.
- 앤터니 비버 지음, 김원중 옮김, 『스페인 내전-20세기 모든 이념들의 격전장』, 교양인, 2009.
- 윤범모, 『백년을 그리다』, 한겨레출판, 2018.
- 윤석산, 『박인환 평전』, 모시는 사람들, 2003.
- 이길훈, 「미츠코시백화점의 설립과 경성진출」, 『大韓建築學會論文集 計劃系』 第32卷 第11號(通卷 第337號), 2016.
- 이동하, 『목마와 숙녀와 별과 사랑』(박인환 평전), 문학세계사, 1986.
- 이봉구 지음, 강정구 엮음, 『그리운 이름 따라 : 명동 20년』, 지식을 만드는 지식, 2014.
- 이상 지음, 김주현 주해, 『증보정본이상문학전집1 시』, 소명출판, 2009.
- 이상 지음, 김주현 주해, 『증보정본이상문학전집2 소설』, 소명출판, 2009.
- 이상 지음, 김주현 주해, 『증보정본이상문학전집3 수필』, 소명출판, 2009.
- 이중연, 『고서점의 문화사』, 혜안, 2007.

- 이한이 엮음, 『문학사를 움직인 100인』, 청아출판사, 2014.
- 장 라쿠튀르 지음, 김화영 옮김, 『앙드레 말로 평전』, 대한교과서주식회사, 1995.
- 장 폴 사르트르 지음, 김희영 옮김, 『벽』, 문학과지성사, 2005.
- 장석향, 『시몬, 그대 窓가에 등불로 남아』, 한멋사, 1986.
- 전병준, 「신시론 동인의 시와 시론 연구」, 『Journal of Korean culture』 Vol.31, 한국어문학국제학술포럼, 2015.11.
- 정우택, 「현대문학: 해방기 박인환 시의 정치적 아우라와 전향의 방향」, 『반교어문연구』 32권, 반교어문학회, 2012.
- 조병화, 『떠난세월 떠난사람』, 현대문학, 1991.
- 조지훈, 『조지훈 전집 문학론』, 나남, 1996.
- 조향 지음, 조향추모문집 간행위원회 엮음, 『초현실주의 맥과 지평』, 문학수첩, 2017.
- 지그문트 프로이트 지음, 김양순 옮김, 『정신분석 입문』, 동서문화사, 1988.
- 질 네레 지음, 정진아 옮김, 『살바도르 달리』, 마로네에북스, 2005.
- 최열, 『이중섭 평전』, 돌베개, 2014.
- 최완복 엮음, 『프랑스시선』, 을유문화사, 1985.
- 최하림, 『김수영평전』, 실천문학사, 2018.
- 최호열, 「'한국판 마타하리' 김수임 사건 美 비밀문서 집중분석」, 『신동아』, 2008년 10월호.
- 테네시 윌리엄스 지음, 김소임 옮김, 『욕망이라는 이름의 전차』, 민음사, 2007.
- 폴 발레리 지음, 박은수 옮김, 『발레리 선집』, 을유문화사, 2015.
- 플로라 그루 지음, 강만원 엮음, 『마리 로랑생 : 사랑에 운명을 걸고』, 까치, 1994.
- 피에르 드 부아데푸르 지음, 이창실 옮김, 『앙드레 말로』, 한길사, 1998.
- 호메로스 지음, 천병희 옮김, 『일리아스』, 도서출판 숲, 2007.
- 『현대문학』 통권 96호, 1962년 12월호.
- BBC Documentary 2017 Empire State Building The Symbolic Undertaking Full Documentary

• Documentary, Secrets of Selfridges – YT

영화

• 「공포의 보수」(The Wages Of Fear, 1953), 감독:앙리-조루주 클루조, 출연:이브 몽땅, 샤를 바넬, 폴코 룰리.
• 「센티멘탈 저니」(Sentimental Journey, 1946), 감독:월터 랭, 출연:존페인, 모린 오하라, 코니 마샬.
• 「소유와 무소유」(To Have And Have Not, 1944), 감독:하워드 혹스, 출연:험프리 보가트, 월터 브레넌, 로렌 바콜.
• 「제니의 초상」(Portrait of Jennie, 1948), 감독:윌리엄 디털리, 출연:제니퍼 존스, 조셉 코튼, 에텔 배리모어.
• 「카사블랑카」(Casablanca, 1942), 감독:마이클 커티즈, 출연:험프리 보가트, 잉그리드 버그만, 폴 헌레이드.
• 「파리의 아메리카인」(An American In Paris, 1951), 감독:빈센트 메넬리, 출연:진 켈리, 레슬리 카론, 조지 게터리.